DADDY WARTET AUF DICH

PEPPER NORTH

Fotografie von FURIOUSFOTOG / GOLDEN CZERMAK
Cover Modell KEVIN R DAVIS
Redaktion CHERYLS LITERARY CORNER

Pepper North
With a Wink Publishing, LLC

ANMERKUNGEN DER AUTORIN:

Die folgende Geschichte ist gänzlich fiktiv. Die Charaktere sind ausnahmslos volljährig und entscheiden sich als Erwachsene dafür, ihr Privatleben in Ageplay-Beziehungen zu führen.

Jedes Buch der ABC-Türme ist eine eigenständige Geschichte. In den Folgebüchern der Reihe werden Charaktere auftreten, die bereits in früheren Romanen vorkamen, aber auch neue Gesichter. Edgewater Industries ist ein beneidenswerter Arbeitsplatz für Groß und Klein. Für die Littles ist er ein geschützter Rückzugsort.

WIR LADEN SIE HERZLICH EIN, TEIL VON PEPPERS LITTLES LEAGUE ZU WERDEN!

Haben Sie Lust, mehr Geschichten über die Littles zu lesen? Abonnieren Sie meinen Newsletter! Jede zweite Ausgabe enthält eine Kurzgeschichte und andere interessante Beiträge! Ich verspreche Ihnen, Ihren Posteingang nicht zu überschwemmen und Sie können sich jederzeit wieder abmelden.

Als besonderen Clou schicke ich Ihnen eine kostenlose Sammlung von drei Kurzgeschichten, damit Sie mit dem Verschlingen der unterhaltsamen Littles-Aktivitäten loslegen können!

Hier ist der Link:

http://BookHip.com/FJBPQV

TEIL I
DIE FLUCHT

KAPITEL 1

„Oh, nein!", rief Marla, den Mund noch voll mit Salat, den sie sich gerade hineingestopft hatte und stieß sich vom Tisch ab. Ihre Gabel klapperte nutzlos zu Boden.

„Marla?", fragte Piper besorgt und sprang auf, um ihr bei was auch immer gerade passiert war zu helfen.

Flüssigkeit spritzte auf den Boden, während Marla sie hilflos ansah. „Meine Fruchtblase ist gerade geplatzt. OH MEIN GOTT! Wie peinlich!"

„Hier sind alle erwachsen. Die kommen schon damit klar", beruhigte Piper ihre Freundin, bevor sie grinste und hinzufügte: „Das Baby kommt!"

Aufregung und Vorfreude verdrängten die Sorge auf Marlas Gesicht. Sie kramte nach ihrem Telefon, um ihren Mann anzurufen. Während sie telefonierte, rief Piper nach dem Hausmeister und schrieb ihrem Chef eine SMS, dass sie Marla ins Krankenhaus bringen und bei ihr bleiben würde, bis der Vater des Babys eintreffen würde.

„Oh, nein! Ich kann das Baby jetzt nicht bekommen", jammerte Marla in das Telefon. „Morgen ist die große Präsentation von Herrn Braun. Ich habe noch so viel zu tun."

„Sie werden unter den Assistentinnen einen Ersatz für dich

finden", antwortete Piper, während der aufgekratzte Vater versuchte, seine Frau zu beruhigen.

„Kommt nicht in Frage! Das wird nicht gut gehen. Es muss jemand Cleveres sein", erwiderte Marla Piper. Zerstreut beendete sie den Anruf, ohne sich von ihrem Ehemann zu verabschieden.

Marla wählte eine weitere Nummer, die auf ihrem Handy eingespeichert war. „Terry, meine Fruchtblase ist gerade geplatzt. Ja, es ist aufregend und beängstigend zugleich. Hör zu, ich will dich bei der großen Präsentation nicht im Stich lassen, während ich im Krankenhaus bin. Niemand anderes als Piper Townie kann meinen Platz einnehmen. Setz alle Hebel in Bewegung, damit sie sofort in dein Büro gebracht wird. Ich schicke sie zu dir hoch."

„Nein! Ich bringe dich ins Krankenhaus", protestierte Piper, als ihre Freundin den Hörer auflegte.

Marla hob lediglich einen Finger und wählte einen weiteren Kontakt in ihrem Telefonbuch aus. „Hugo, kannst du mich ins Krankenhaus fahren? Du bist ein Schatz! Bring Handtücher mit und komm in die Cafeteria. Meine Fruchtblase ist geplatzt."

„Erledigt", verkündete sie Piper. Marla war ein wahres Organisationstalent. Piper hatte so viel von ihr gelernt. „Geh an meinen Schreibtisch. Ich habe die To-Do-Liste mit einem roten Zettel in meinem Terminkalender gekennzeichnet. Halte dich einfach an die Abfolge. Du wirst das schon schaffen."

Hugo erschien mit einer Armladung Handtücher. Piper fragte sich nicht einmal, woher er diese in dem schicken Firmenbüro aufgetrieben hatte. Jeder hier schätzte Hugo für seinen Einfallsreichtum und sein Insiderwissen. Als der Hausmeister mit dem Wischeimer eintraf, begleitete Hugo Marla mit einem Arm um ihre Taille den Flur hinunter, während alle ihr „Viel Glück mit dem Baby" zuriefen.

Piper warf einen prüfenden Blick auf die Überreste ihres Mittagessens und lief schnell in die Büroküche, um das Chaos zu beseitigen. Auf dem Weg zum Büro ihres Chefs, um ihm die Lage zu erklären, sah Piper bereits eine der Assistentinnen an ihrem Schreibtisch sitzen. Achselzuckend, angesichts der gewaltigen Kraft des Organisationsorkans namens Marla meldete sich Piper im Büro des Geschäftsführers. Sie verschränkte die Finger, als sie sich auf dem Stuhl ihrer

Freundin niederließ. „Lass mich das bitte nicht vermasseln", dachte sie.

„Ab nach Hause, Piper. Sie haben heute großartige Arbeit geleistet. Marla hatte wie immer den richtigen Riecher, Sie als Vertretung zu empfehlen. Ich habe darum gebeten, Sie während ihres Mutterschaftsurlaubs hierzubehalten. Ich hoffe, das ist in Ordnung für Sie?"

„Selbstverständlich! Ich habe den heutigen Tag genossen. Es war zwar herausfordernd, aber dann auch selbstbestätigend, als die Sitzungen so gut verlaufen sind." Gott sei Dank fand Pipers professionelle Seite die passenden Worte, während ihr Kopf bei der Aussicht, in der höchsten Position zu arbeiten, einen Satz zurück machte.

Mit einem Seufzer der Erleichterung betrat Piper den Aufzug, als sie nach Hause geschickt wurde. In Gedanken ging sie die Präsentation durch und notierte sich einige Verbesserungen. Sie zückte ihr Handy, um sich ein paar Notizen zu machen, bevor sie es vergaß. Eine Nachricht von Marlas Ehemann und ein bezauberndes Bild tauchten auf. Das Baby war am frühen Morgen zur Welt gekommen und nachdem sie ein wenig geschlafen hatten, zeigte das Paar die ersten Schnappschüsse ihres neuen Sohnes. Sie lächelte über das faltige Gesicht des Kleinen.

„Das muss eine gute Nachricht sein", kommentierte eine tiefe Stimme neben ihr. Der Mann drückte mit der linken Hand den bereits aufleuchtenden Knopf für die Empfangshalle.

Piper blickte in tiefbraune Augen. Sofort richtete sie sich auf und ließ ihr Handy sinken, um ihm ihre volle Aufmerksamkeit zu schenken. Gabriel Serrano sah blendend aus und strotzte nur so vor Sexappeal. Düster dreinschauend und athletisch gebaut, hatte er ihren Blick immer wieder in seinen Bann gezogen. Piper hatte sich alle Mühe gegeben, ihn während der Sitzungen nicht ständig anzustarren.

„Mr. Serrano", begrüßte sie den Unternehmer, den Terry zu überzeugen gehofft hatte.

„Piper, richtig? Ich habe noch nie eine Piper getroffen."

„Ja, so heiße ich. Es ist kein sehr häufiger Name." Sie lenkte das Thema wieder auf das Geschäftliche. „Hat Ihnen der Besuch in unserer Firma gefallen?"

„Ja, ich war sehr beeindruckt. Ich habe bereits die Weichen für unsere künftige Zusammenarbeit gestellt. Wenn der Rest der Firma so gut organisiert ist wie Ihr Büro, wird das ein Kinderspiel", antwortete er ihr mit einem eleganten Kompliment.

Als sie durch die offenen Fahrstuhltüren in die Empfangshalle traten, erkundigte er sich: „Ich frage mich, ob ich Sie noch einmal stören kann. Wo kann man hier gut zu Abend essen? Ich würde den Tag gern mit einem köstlichen Steak feiern."

„Eine Empfehlung für ein Steak an einen Argentinier? Jetzt riskiere ich wirklich meinen Kopf", scherzte sie.

„Sie haben sich über Argentinien informiert. Ich bin beeindruckt. Nicht jeder weiß, dass wir dafür bekannt sind, das beste Rindfleisch zu züchten."

Sein bedächtiges Lächeln ließ ihr Herz schneller schlagen. Piper bemühte sich, ihre Reaktion auf seinen geheimnisvollen Charme zu verbergen. Dieser Akzent allein könnte sie schon erobern.

„Lassen Sie mich nachdenken. Das Point Grill ist unser berühmtestes Steakhaus in der Stadt. Es ist zwar teuer, aber das ist es wert. Ich war dort einmal zu einem besonderen Anlass."

„Vielleicht möchten Sie mit mir zu Abend essen?", fragte er sanft und rückte näher.

„Vielen Dank für das nette Angebot. Ich fürchte, ich muss nach Hause zu meiner Familie", improvisierte Piper. Sicherlich wäre es unprofessionell, mit dem neuen Kunden auszugehen.

„Dann muss ich Sie dieses Mal gehen lassen." Gabriel löste sich von ihr. „Es war mir ein Vergnügen, Sie kennenzulernen, Piper. Ich freue mich darauf, Sie in Zukunft wiederzusehen."

Der umwerfend attraktive Mann drehte sich um und verschwand in Richtung Eingangstür, wandte sich aber kurz davor noch einmal an Piper, um hinzuzufügen: „Sie werden noch feststellen, dass ich selten etwas tue, um nett zu sein."

KAPITEL 2

Am nächsten Morgen setzte sich Piper an den ihr noch ungewohnten Schreibtisch im Büro des Geschäftsführers. Sie loggte sich in den Computer ein, während sie Marlas Terminkalender für den Tag überprüfte. Sofort begann sie, sich in die Arbeit zu stürzen.

„Piper, kommen Sie doch in mein Büro. Nach einem großen Ereignis wie dem gestrigen Meeting bespreche ich gern mit Marla, was funktioniert hat und was wir besser machen können."

Sie schnappte sich den unersetzbaren Terminkalender und ihr Telefon und war dankbar für die Notizen, die sie sich gemacht hatte, bevor Gabriel Serrano alle Eindrücke aus ihrem Kopf gefegt hatte. „Bin schon auf dem Weg. Ich hätte da auch ein paar Vorschläge."

Eine Stunde später kam sie mit einem Lächeln aus der Besprechung heraus. Es machte ihr Spaß, mit Marlas Chef zu arbeiten. „Na ja, jetzt eine Zeit lang mein Chef", korrigierte sie sich im Stillen.

In der Mitte des Raumes blieb Piper beim Anblick eines prächtigen Arrangements aus farbenprächtigen Blumen stehen. Die Blüten waren atemberaubend. Im Vertrauen darauf, dass die Blumen zur Begrüßung von Marlas Baby versehentlich ins Büro geliefert worden waren, beschloss sie, sie ihrer Freundin nach der Arbeit zu bringen.

„Wow, wir müssen gestern jemanden beeindruckt haben. Wer hat die Blumen geschickt?", fragte Terry von der Tür aus.

„Lassen Sie mich nachsehen." Piper riss die Karte aus dem Plastikhalter und erstarrte, als sie ihren Namen sah.

„Die sind für mich. Das ist seltsam. Ich kenne niemanden, der mir Blumen schicken würde."

„Es gibt einen einfachen Weg, diesen niemand zu ermitteln", schlug ihr neuer Chef vor.

„Oh!" Schnell öffnete sie den kleinen Umschlag und entnahm die Karte.

P*iper,*
   vielen Dank für die gute Empfehlung. Ich freue mich auf ein Wiedersehen mit Dir.
   Dein Gabriel

„Oh, die sind von Mr. Serrano. Wir sind uns im Aufzug über den Weg gelaufen und ich habe ihm das Point Grill empfohlen, als er mich um eine Empfehlung für ein Abendessen bat", erklärte Piper.

„Er muss hervorragend gegessen haben. Gute Idee, Piper." Ihr Chef kehrte an seinen Schreibtisch zurück, um sich in die lange Reihe von E-Mails und Dokumenten zu vertiefen, die seiner Bearbeitung bedurften.

Piper setzte sich an ihren Schreibtisch. Unfähig zu widerstehen, vergrub sie ihre Nase in einer Blüte. Der Duft war himmlisch. Lächelnd kopierte sie die Notizen von ihrer morgendlichen Besprechung in Marlas Terminplaner, damit auch sie die weiteren Informationen zur Hand hatte. Dann vertiefte sich Piper in die Arbeit, die auf sie wartete.

Etwa eine Stunde später summte ihr Handy mit einer eingehenden Nachricht. In der Erwartung, dass sie von Marla stammte und ungeduldig wissen wollte, wie das Meeting verlaufen war, öffnete Piper den Bildschirm und las:

Ich hoffe, die Blumen sind nur halb so bezaubernd wie du.

Mr. Serrano? Piper schickte eine SMS zurück.

Hast du heute Morgen etwa zwei Blumenlieferungen erhalten?

Nein, nur diese schönen Blumen hier. Ich weiß nicht, woher Sie meine Handynummer haben.

Eine Vorahnung lief ihr kalt den Rücken hinunter, bevor sie sie als lächerlich abtat. Gabriel Serrano war ein mächtiger Geschäftsmann und wahnsinnig gutaussehend. Er würde sich aus keinem weiteren Grund für sie interessieren, sondern wollte sich nur bei der Sekretärin seines neuen Kollegen bedanken.

Ich bin einfallsreich, wenn ich es sein muss. Du faszinierst mich, Piper. Geh heute Abend mit mir essen. Ich hole dich um fünf Uhr an der Eingangstür ab.

Piper biss sich auf die Unterlippe, als sie seine nächste Nachricht las und zögerte, weil sie nicht wusste, was sie tun sollte. Seine Absichten waren unmissverständlich. Sie war hin- und hergerissen zwischen der Erregung darüber, dass der charmante, mächtige Mann sich für sie interessierte und ihrem Wunsch, in ihrem neuen Job professionell aufzutreten. Als ihr Telefon erneut surrte, schaute sie wieder auf den Bildschirm.

Nicht nachdenken. Fünf Uhr. Ich freue mich auf dich.

Die Erregung, die diese letzten schlichten Worte in ihr auslösten, schockierte Piper. Sie hatte immer von einer besonderen Art von Liebhaber geträumt, der die absolute Kontrolle über sie hatte. Piper presste ihre Schenkel zusammen und legte ihr Handy in die Schublade ihres Schreibtisches. Sie brauchte sich nicht sofort zu entscheiden. Bis fünf Uhr dauerte es noch Stunden.

Vertieft in den Papierkram, der nötig war, um die Vereinbarungen, die sie während ihres erfolgreichen Treffens getroffen hatten, in Kraft zu setzen, verdrängte Piper alle Gedanken aus ihrem Kopf, während sie ihre Arbeit fortsetzte. Als ihr Telefon eine Stunde später klingelte, sprang sie auf und griff danach. Sie lächelte den Bildschirm an und nahm den Anruf an.

„Hey, Marla! Wie geht's dir?"

„Ich bin jetzt schon erschöpft, aber so glücklich", antwortete ihre

Freundin. „Das Baby ist so ein guter Junge. Ich bin ganz verzaubert von ihm."

Die beiden unterhielten sich einige Minuten lang über das Baby, bevor Marla den wahren Grund ihres Anrufs verriet. „Also, was läuft zwischen dir und Gabriel Serrano?"

„Nichts!", versicherte Piper ihr eilig. „Ich verhalte mich völlig professionell!"

„Wirklich? Er ist ausgesprochen charmant. Ich hatte mich für dich gefreut als er mich anschrieb, um nach deiner Handynummer zu fragen."

„Ich hatte mich schon gewundert, woher er sie hat. Er will mich zum Essen einladen. Soll ich hingehen?"

„Bist du noch ganz dicht? Geh hin! Die Verträge sind schon unterschrieben. Er wird seine Mitarbeiter zu den nächsten Treffen schicken. Du wirst ihn in der Firma nie wiedersehen", ermutigte Marla. „Wer weiß? Vielleicht ist er der Richtige für dich."

Piper schaute auf die Uhr - noch zwei Stunden. Bis dahin würde sie sich entscheiden müssen. Um das Gespräch wieder auf das Baby zu lenken, fragte sie: „Für welchen Namen habt ihr euch entschieden?"

„Wir hatten uns auf Christopher James festgelegt, aber ein Blick auf ihn genügte und wir wussten, dass es der falsche Name ist. Wir werden etwas Perfektes finden. Vielleicht sollte ich ihn Gabriel nennen."

„Du!" Piper lachte. „Geh und sei Mami und lass mich in Ruhe", sagte sie und legte auf.

Was sollte sie tun? Piper sah sich den Chat mit Gabriels Nachricht an. Nachdem sie ihr Gespräch noch einmal gelesen hatte, schrieb sie zurück. *Ich sehe dich um fünf Uhr.*

Die Entscheidung war gefallen, sie verstaute ihr Telefon in der Schublade und widmete sich wieder ihrer Arbeit. Zum Glück hatte sie eine Menge zu tun. Piper hatte keine Zeit, an ihrer Entscheidung zu zweifeln oder sie zu hinterfragen. Sie schaute auf, als Terry seine Tür mit einem Klicken schloss.

„Ab nach Hause, Piper. Der Rest kann bis morgen warten. Danke, dass Sie so souverän eingesprungen sind. Es ist ein Segen, Sie an Marlas Stelle hier zu haben."

„Ich genieße es, hier zu sein. Es gibt viel zu tun, aber es ist zweifellos interessant", antwortete sie mit einem Lächeln. Als sie auf die Uhr sah, bemerkte sie, dass es schon fast fünf war. Piper winkte Terry zum Abschied zu, während sie schnell ihre Sachen zusammensuchte.

In der Lobby angekommen, schaute sie sich um, nicht sicher, wo sie Gabriel treffen sollte. Sie spähte durch die Eingangstür und fand ihn. Er stand in der Mitte des belebten Eingangs und musterte die Menschenmenge. Die Leute drängten sich um Gabriel herum, als hätte er eine private Schutzblase um sich errichtet. Während sie ihn beobachtete, schenkten viele Frauen ihm ganz offensichtlich einen zweiten Blick. Er sah in seinem perfekt sitzenden Anzug einfach großartig aus. Ungeduldig, sich zu ihm zu gesellen, schritt sie durch die Tür. Er entdeckte sie sofort.

„Piper!"

Er bewegte sich durch die Menge auf sie zu und hielt ihren Blick in Schach. Diese braunen Augen verführten sie mit einem einzigen Aufschlag. Es war, als könne er in ihre tiefsten Geheimnisse eindringen. Piper spürte, wie ihre Libido sofort auf ihn reagierte. Als er seinen Arm um sie legte, um sie zum geparkten Auto zu führen, schien sich seine warme Hand auf ihrem schmalen Rücken in ihr Fleisch zu brennen.

Er half ihr auf den Rücksitz seiner luxuriösen Limousine und setzte sich neben sie. „Ich bin sehr froh, dass du mich begleitest", sagte er ihr und beugte sich vor, um ihr einen sanften Kuss auf die Lippen zu drücken. Piper war unfähig, seiner Anziehungskraft zu widerstehen und atmete diskret ein, um seinen maskulinen Duft zu genießen, als er sich über sie beugte und ihr den Sicherheitsgurt über den Schoß zog. Gabriels würziges Parfüm betörte sie sanft - nicht so stark, als dass sie den Duft seiner warmen Haut nicht vernehmen konnte. Sie drückte ihre Schenkel zusammen, als ihr Körper stärker auf ihn reagierte.

Mit einem Klicken schloss er ihren Sicherheitsgurt. „So. Alle Little Girls, alle kleinen Mädchen, müssen gesichert sein."

Mit einem Blick auf den schweigenden Fahrer wies er an: „Estamos listos para salír, Pablo."

„Kleine Mädchen?", wiederholte sie verblüfft. Er konnte unmöglich meinen...

„Ist schon gut, Piper. Daddys erkennen ihre Littles schnell. Ich bin froh, dass ich dich gefunden habe."

„Ich weiß nicht, was ich sagen soll", gestand sie, nachdem sie ein paar Sekunden lang versucht hatte, seine Worte zu verarbeiten.

„Du hast mich verzaubert, süße Piper. Erzähl mir von dir. Ich will alles wissen." In Gabriels tiefer Stimme lag ein Hauch von Befehlsgewalt, durchzogen von Charme.

Er drehte sich zu ihr um und beugte sich leicht nach vorne, als wäre es äußerst wichtig, jedes ihrer Worte zu erfassen. Gabriel nahm eine ihrer zitternden Hände zwischen seine. „Es ist okay, Kleines. Du bist bei mir in Sicherheit."

Unfähig, der hypnotisierenden Hitze seines Blicks zu widerstehen, nickte Piper. Sie war es nicht gewohnt, im Mittelpunkt der Aufmerksamkeit eines Mannes zu stehen. Piper lenkte ihre Gedanken davon ab, sich zu fragen, woher er ihre Fantasien kannte, einen beherrschenden Mann zu finden - einen, der eine Vaterrolle in ihrem Leben übernehmen würde. Genau wie die „Littles", von denen sie in so vielen Büchern gelesen hatte, folgte Piper eifrig seinen Anweisungen und begann, ihm von sich zu erzählen.

Als sie im Restaurant ankamen, wusste Gabriel schon fast alles über das, was sie seit ihrem Umzug in die große Stadt erlebt hatte. Er hatte auch ein wenig über sein Leben und seine Familie in Argentinien erzählt. Sie fühlte sich mit ihm verbunden und wohl. Er belohnte jedes bisschen Information mit einem verführerischen Lächeln und warmen Streicheleinheiten an ihrer Wange, ihrem Arm oder ihrem Knie.

In dem noblen Restaurant ignorierte er die bewundernden Blicke der hübschen Frauen, die ihnen zu ihrem Tisch folgten. Piper liebte es, von ihnen beneidet zu werden. Sie war nie die Frau gewesen, an deren Platz jede sein wollte.

Als er Meeresfrüchte für sie bestellte, unterbrach Piper ihn nicht. Sie konnte um ihre Allergie herum essen. Sie war sich sicher, dass es ihr nicht schaden würde. Vorsichtig wich sie den in der köstlichen Sauce schwimmenden Garnelen aus und spürte das erste Kribbeln an ihrer rechten Wange.

Nein! Bitte nicht! Sie vergrub ihre Finger in der Handfläche ihrer linken Hand und versuchte, nicht zu kratzen. Piper versuchte, ihr Gesicht von ihm wegzudrehen, damit er die Striemen auf ihrer Haut nicht sehen konnte.

„Piper? Was ist denn los?" Gabriel umfasste ihr Kinn und drehte ihre Wange zu sich.

Als ihr Blick automatisch auf ihren Teller fiel, vermutete er: „Du bist allergisch gegen Meeresfrüchte? Warum hast du mir das nicht gesagt?" Gabriel hob eine Hand, um dem Kellner ein Zeichen zu geben. Sein sofortiges Erscheinen hinderte sie daran, zu antworten.

„Unsere Rechnung, bitte."

„Ich hoffe, mit Ihrem Essen ist alles in Ordnung", versuchte der erfahrene Kellner zu helfen.

„Alles in Ordnung, es ist nur etwas Dringendes dazwischengekommen." Gabriel reichte dem Mann seine Kreditkarte, um den Vorgang zu beschleunigen.

„Sofort, Sir."

„Ich wollte unser Essen nicht unterbrechen. Es ist nur eine dumme Allergie. Nichts Wichtiges. Ich nehme ein paar Tabletten, wenn ich nach Hause komme und die Flecken werden sofort verschwinden", versprach sie, während er etwas in sein Handy tippte.

„So etwas wie eine dumme Allergie gibt es nicht. Eine Reaktion auf Meeresfrüchte kann tödlich sein."

Die Ankunft des Kellners ersparte ihr eine Antwort. Verstohlen kratzte sie an einer Schwellung direkt unter dem Saum ihres Kleides. Die Striemen machten sie langsam wahnsinnig. Piper verfluchte sich dafür, dass sie so dumm gewesen war und war sich sicher, dass sie Gabriel nie wieder sehen würde.

„Lass uns gehen, Piper." Er zog sie sanft aus dem Restaurant. Der Wagen holte sie am Eingang ab. Gabriel schnallte sie an und hielt beide Hände fest, damit sie sich nicht kratzen konnte.

„Musst du ins Krankenhaus?", fragte er und hielt ihren Blick fest.

„Nein. Wirklich, ich komme schon klar. Ich muss nur zu Hause meine Medikamente nehmen."

„Wo wohnst du?", fragte er und lächelte, als sie ihre Adresse nannte. „Pablo." Der Wagen bog sanft in den Verkehr ein und fuhr zu ihrer Wohnung.

Er sprach ruhig mit ihr und beschrieb ihr die Vorzüge seiner Wohnung. Die Bilder, die er in ihrem Kopf entwarf, halfen ihr, sich von dem Juckreiz abzulenken. Sie hörte zu und setzte Argentinien auf die Liste der Orte, die sie einmal besuchen wollte.

Gott sei Dank war wenig Verkehr, so dass sie im nu vom Stadtinneren in den Vorort gelangen konnten, in dem sie wohnte. Als sie an ihrem Haus ankamen, führte Gabriel sie hinein und stieg mit ihr in den Aufzug. Piper dachte erst an die Gefahren, die es mit sich brachte, einen relativ unbekannten Mann in ihr Haus einzuladen, als sie vor ihrer Tür standen.

„Danke, dass Sie mich nach Hause gebracht haben. Mir geht es jetzt gut", versicherte sie ihm eilig.

„Ich gehe erst, wenn ich sicher bin, dass es dir gut geht, Piper", antwortete er, nahm ihre Schlüssel und öffnete die Tür.

Gabriel geleitete sie hinein. „Hol deine Medikamente und zieh dir etwas Bequemeres an als dieses enge Kleid", befahl er ihr.

Piper flüchtete ins Bad und kramte in der Schublade nach ihrer Allergiemedizin. Sie schluckte zwei Tabletten mit Wasser hinunter, griff nach einer Tube Anti-Juckreiz-Salbe und strich das kühlende Gel über die Striemen in ihrem Gesicht. Sie atmete erleichtert aus, bevor alle anderen Stellen rebellierten und nach ihrer Behandlung verlangten.

Sie ging zu ihrem Kleiderschrank, riss sich das figurbetonte Kleid vom Leib und bestrich jede Stelle, die sie erreichen konnte. Auf ihrem Rücken gab es einige Stellen, die sich ihrer Berührung entzogen. Während sie darauf wartete, dass das Gel einzog, überlegte sie, was sie anziehen sollte. Nichts kam ihr attraktiv vor. Ihr flauschiger Bademantel wäre weich, aber heiß. Piper verwarf diese Idee. Ihr Blick fiel auf den baumwollenen Überwurf für ihren Badeanzug, der am Ende des Kleiderständers hing. Sie schnappte sich ihn und zog ihn sich über den Kopf.

Sie hielt inne, bevor sie um die Ecke zum Wohnzimmer bog. Piper wollte nicht, dass er sie so sah. Mit dem Blick nach unten machte sie einen Schritt in sein Blickfeld.

„Gabriel, mir geht es jetzt gut. Danke, dass Sie mich nach Hause gebracht haben, um die Tabletten zu nehmen. Es tut mir leid, dass ich Sie beunruhigt habe."

„Komm her, Piper." Gabriel streckte eine Hand nach ihrer aus.

Unfähig zu widerstehen, ging sie auf ihn zu. Seine Augen tasteten ihren Körper ab und bemerkten die roten Flecken auf ihrer Haut. Als sie ihn erreichte, war sein Blick hart.

„Es tut mir leid", flüsterte sie, als sie vor ihm zum Stehen kam.

„Du hast dich selbst in Gefahr gebracht, obwohl eine einfache Bemerkung all diese Unannehmlichkeiten hätte vermeiden können."

„Es geht mir schon besser", beharrte sie. Die Kombination aus dem Gel und den Tabletten hatte den schlimmsten Juckreiz gelindert.

Er betrachtete sie eingehend und begutachtete die Strieme auf ihrer Wange. „Es scheint sich zu bessern. Das ist gut. Ich möchte dich nicht bestrafen, solange es dir schlecht geht."

„Mich bestrafen?", lachte sie. Ihre Stimme überschlug sich.

„Kleine Mädchen, die sich selbst in Gefahr bringen, brauchen eine Ermahnung, damit sie sich in Zukunft besser benehmen." Gabriel zerrte sie hinter sich her, während er langsam zur Couch ging. Er setzte sich auf den Rand der Kissen und zog sie zu sich heran. „Leg dich auf meinen Schoß, Piper."

Sie starrte ihn an, unfähig zu glauben, was er da von ihr verlangte. Sofort breitete sich Hitze in ihrem Unterleib aus. Das konnte doch nicht wahr sein. Er hatte nicht vor... „Sie werden mir nicht den Hintern versohlen. Ich meine - das macht man doch nicht wirklich, oder?"

„Daddys von ungezogenen Littles schon. Auf meinen Schoß!" Gabriel zerrte an ihr und brachte sie aus dem Gleichgewicht. „So herum. Ich bin Linkshänder." Er brachte sie mit Leichtigkeit in die richtige Position, bevor sie reagieren und sich wehren konnte. Er zog ihr die lose Kleidung hoch und legte sie ihr über die Schultern, so dass ihr Rücken frei lag.

„Oh, Kleine. Schau, was du dir angetan hast." Seine Fingerspitze fuhr über einen der großen roten Flecken auf ihrem Rücken.

Sie erschauderte, als es sich zu einem Juckreiz entflammte. Er hatte die Stellen gefunden, die sie nicht hatte erreichen können. „Ich habe eine Salbe …"

„Ich werde es danach behandeln." Seine Finger hakten sich hinten in ihr Höschen ein und zogen es bis zur Mitte ihres Oberschenkels herunter.

„Nein!", protestierte sie und wackelte auf seinem Schoß, als Piper endlich begriff, dass er es ernst meinte.

Schlag! Treffer! Seine Hand landete hart auf ihrem Hintern. Piper bäumte sich auf, ihr Oberkörper wölbte sich vom Boden hoch. Gabriel fuhr fort, ihr rundes Fleisch mit scharfen Schlägen zu bearbeiten. Sie taumelte mal in die eine, mal in die andere Richtung und versuchte, sich aus seinem Griff zu befreien, aber nichts half.

Die Hitze auf ihrer Haut nahm unter seiner Bestrafung zu. Jeder Schlag war für sich genommen nicht überwältigend, aber die Kombination der Schläge vertrieb alle Gedanken aus ihrem Kopf. Piper sackte über seinen Beinen zusammen, unfähig, ihren Körper länger aufrecht zu halten. Sie bedeckte ihr Gesicht mit den Händen, während ihr die Tränen aus den Augen traten und in den grauen Teppich unter ihr sickerten.

„Mr. Serrano, nein. Bitte hören Sie auf. Es tut mir so leid. Ich werde Sie nie wieder beunruhigen. Sie können einfach gehen", bot sie an.

„Ah, nein, Kleine. Du hast den Daddy in mir geweckt. Ich werde jetzt nicht aus deinem Leben verschwinden. Ich bin hier, um mich um dich zu kümmern. Zähle die letzten fünf Hiebe mit mir, Piper, dann ist deine Strafe beendet."

„Bitte!", bettelte sie, bevor sie sich verschluckte: „Eins."

Als sie: „Fünf" verkündete, hob Gabriel sie zärtlich hoch und legte sie an seine Brust. Er fischte ihr das Höschen von den Knöcheln, wo es heruntergefallen war und steckte sich den Spitzenstoff ein. Er holte sein Taschentuch aus der Tasche und wischte kommentarlos das Durcheinander ab, das ihre Nase während ihres Schluchzens verursacht hatte, bevor er ihr einen sanften Kuss auf die Lippen drückte. Er zog sie an sich und seine Hände strichen beruhigend über ihren Rücken und ihre Arme, während sie sich an ihn schmiegte.

„Psst, Kleine. Dir geht es gut. Daddy wird dich von jetzt an beschützen", beruhigte er sie, während er ihren Rücken streichelte.

„Daddy?" Die Frage kam ihr über die Lippen.

„Ja, jedes kleine Mädchen braucht seinen Daddy. Du hattest deinen nur noch nicht gefunden."

„Sie werden mein Daddy sein?", flüsterte sie.

„Für immer und ewig."

KAPITEL 3

Nach gefühlten Stunden spürte Piper, wie sie sich wieder sammelte. Es war ein seltsames Gefühl, als hätte Gabriel sie auf ihre einfachste Form reduziert und sie anschließend getröstet, während sie sich in diesem neuen, ruhigen Zustand niederließ. Sie fühlte sich ihm näher als jedem anderen Freund, der ihr je nah gewesen war. Der Gedanke, dass Gabriel kein einfacher Freund war, brachte sie zum Lachen.

„Oh, wenn ich nur wüsste, was in deinem Kopf vor sich geht, Kleine", kicherte Gabriel. „Du fühlst dich besser, nicht wahr?"

„Ja ... Daddy?" Sie zögerte, bevor sie den neuen Namen ausprobierte.

„Sehr gut, Piper. Das hat eine Belohnung verdient. Komm, lass dich von Daddy ins Bett bringen." Er stand auf und hob sie mühelos in seine Arme.

Gabriel ging zu ihrem Schlafzimmer und stellte Piper auf ihre Füße. Er schob ihren Teddybären zur Seite und warf die Decke zurück, bevor er sich ihr wieder zuwandte. Nachdem er sie leicht auf die Stirn geküsst hatte, öffnete er den Reißverschluss ihres Überwurfs. Automatisch presste Piper den Stoff an sich. „Nein, Kleines. Versteck dich nicht vor deinem Daddy. Ich werde alles von dir sehen."

Er zwang ihre Finger, den Überwurf loszulassen, schob ihn von ihren Schultern und ließ ihn auf den Boden fallen. Gabriel strich mit einer Fingerspitze über den spitzenbesetzten Rand eines BH-Körbchens und ließ sie durch die leichte Berührung ihrer empfindlichen Brust erschaudern. „Sehr hübsch, aber das trägt ein großes Mädchen."

Piper hielt still, als Gabriel ihr die Träger einen nach dem anderen von den Schultern strich und ihren BH auf den Boden fallen ließ. Sie erstarrte, als er einen Schritt zurücktrat und ihren Körper musterte.

„Braves Mädchen."

Das Lob hätte sie nicht glücklich machen dürfen, aber es freute sie, dass sie ihm gefällig war. Was, wenn er nicht mochte, was er sah? Jede ihrer Unvollkommenheiten jagte durch ihre Gedanken, als sie ihren Blick auf seine glänzenden weichen Fingerkuppen fallen ließ.

„Dreh dich langsam um, kleines Mädchen", befahl er.

Unfähig, sich zu wehren, gehorchte Piper. Sie drehte sich Stück für Stück und zuckte zusammen, als er eine ihrer bestraften Pobacken drückte.

„Dein Hintern sieht bezaubernd aus, wenn er das Zeichen deiner Unterwerfung trägt", lobte Gabriel.

Mit einem leichten Klopfen auf ihre wunde Haut befahl er: „Mach weiter, Piper."

Als sie sich ihm wieder zuwandte, trat Gabriel einen Schritt vor. Seine Hand glitt über ihren Rücken und umfasste dieselbe Pobacke, wobei er sie fest an seinen Körper zog. Sie atmete heftig, als sie seine dicke Erektion spürte. Ein Hochgefühl erfüllte sie, als sie merkte, dass sie ihn erregt hatte.

„Du gefällst mir, Kleines. Jetzt ist es Zeit für eine Gute-Nacht-Geschichte, bevor ich dich ins Bett bringe. Setz dich auf die Kante deiner Matratze."

Er wartete, bis sie gehorchte, bevor er ihr die nächste Anweisung gab. „Lege dich zurück und spreize deine Beine weit."

„Was?", fragte sie und bezweifelte, dass sie ihn richtig verstanden hatte.

„Dein roter Hintern will heute Abend nicht mehr versohlt werden, Piper. Leg dich zurück und spreize deine Beine." Er wartete, während sie langsam seinen Anweisungen folgte.

„Weiter."

Piper spürte, wie ihr Gesicht vor Verlegenheit glühte und spreizte ihre Beine so weit wie möglich. Sie beobachtete, wie er ihren Körper abtastete, von ihrem roten Gesicht bis zu der empfindlichen Stelle zwischen ihren Beinen. Gabriel verschob seine Erektion in seiner feinen Wollhose, bevor er schwungvoll auf die Knie sank.

„Gute kleine Mädchen verdienen eine Belohnung." Gabriel hielt ihren Blick fest, bevor er seinen Mund senkte.

Die Intimität, ihn dabei zu beobachten, wie er jeden Zentimeter ihres Körpers einatmete, ließ Pipers Erregung höher steigen als je zuvor. Als er an den Säften leckte, die ihre inneren Lippen bedeckten, hallte sein lustvolles „mmm" in ihr wider. Endlich gab er ihr die Erlaubnis, einfach nur zu fühlen.

„Schließe deine Augen, Kleines", verlangte Gabriel von ihr. Mit seiner Zunge und seinen Fingern trieb er sie schnell in einen Orgasmus, der ihren Körper erschütterte. Ihre Finger krallten sich in die Decke, während sie sich in den wirbelnden Empfindungen, die er hervorrief, festhielt. Sobald ein Höhepunkt abgeklungen war, änderte er seine Vorgehensweise, um sie in den nächsten zu treiben.

Als sie ihn anflehte, aufzuhören, lächelte er sie an. „Noch einen, Kleines."

Gabriel zog ihre entkräftete Gestalt in seine Arme und drückte sie in die Kissen. Sie spürte seinen Kuss und lächelte müde gegen seine Lippen.

„Sag Daddy danke dafür, dass er sich um dich gekümmert hat", wies er sie an.

„Danke, Daddy", sprach sie ihm nach.

„Gern geschehen, meine Kleine."

Gabriel holte das Gel, das sie auf dem Tresen im Badezimmer liegen gelassen hatte und strich es vorsichtig über die letzten verbliebenen Striemen auf ihrer Haut. „Schlaf jetzt, Piper. Hier ist dein

Plüschtier", sagte er, während er ihr den geliebten Bären in die Arme drückte.

„Träum von Daddy", flüsterte er, während er die Decke wieder glattstrich.

Sie nickte, als sie in den Schlaf fiel.

KAPITEL 4

G abriel umwarb sie als wäre sie eine Märchenprinzessin und
überschüttete sie mit Blumen und romantischen Ausflügen.
Piper liebte es, jeden Abend aus dem Büro zu kommen und ihn dort
auf sie warten zu sehen. Sie wusste nie, was er für sie geplant hatte,
nur, dass sie jeden Moment genießen würde.

Piper zwang sich, sich tagsüber auf das Geschäftliche zu konzentrieren. Sie genoss ihre neuen Aufgaben und Pflichten als Verwaltungsassistentin des Geschäftsführers. Ihre Bemühungen wurden
nicht übersehen und ihr Chef verließ sich zunehmend auf sie,
während Marla ihren Mutterschaftsurlaub fortsetzte.

An einem Freitag lieferte ein Bote ein neues Kleid in Pipers Büro.
Sie streichelte den weichen Stoff und brannte darauf, es anzuprobie-
ren. Als sie einen Blick auf Terrys verschlossene Tür warf, beschloss
sie, das Angebot ihres Chefs anzunehmen, sie an diesem Nachmittag
von zu Hause aus arbeiten zu lassen, während er weg war. Sie
schnappte sich einen Stapel Papierkram, den sie erst erledigen wollte,
wenn sie herausgefunden hatte, ob das Kleid passte, und nahm den
Bus zurück zu ihrer Wohnung.

Kurze Zeit später wirbelte Piper vor dem Spiegel herum und
wählte Gabriels Nummer. „Es ist wunderschön."

„Daran hatte ich gar nicht gezweifelt. Zieh es heute Abend an. Ich hole dich um fünf ab?"

„Das ist wunderbar. Sagen wir sechs, wenn das okay ist. Ich will mich zu Hause noch ein bisschen herausputzen, um diesem Kleid alle Ehre zu machen."

„Du wirst den Überwurf mit Leichtigkeit in den Schatten stellen, Kleines." Soll ich zu dir nach Hause kommen?", fragte er.

„Ja, bitte. Ich bin jetzt zu Hause. Ich habe ein paar Sachen aus dem Büro mitgebracht, die ich noch bearbeiten muss und dann werde ich mich in die Schönheitspflege stürzen", versprach sie.

„Ich freue mich schon darauf, dich bald wiederzusehen."

„Piper, du siehst hinreißend aus, meine Süße." Gabriel klemmte einen großen Umschlag unter einen Arm, während er ihre Hände nahm und zurücktrat, um sie zu betrachten. Die Hitze, die seine Augen ausströmten, als sie ihren Blick trafen, entfachte das Verlangen in ihren unteren Bauchregionen.

„Ich danke Ihnen für das Kleid, Gabriel. Es ist exquisit."

„Daddys lieben es, ihre Kleine zu verwöhnen, Piper. Das ist unser Job", erklärte er mit einem breiten Lächeln.

Sie konnte sehen, dass er sehr zufrieden war. Piper spürte, wie ihr Gesicht unter seinem Blick rot wurde und versuchte, das Gespräch zu wechseln. „Was ist in dem Umschlag, Daddy?"

„Etwas Wichtiges, das wir später besprechen müssen." Gabriel ließ eine ihrer Hände los und legte den Umschlag auf den Tisch, auf dem ihre erledigten Unterlagen fein säuberlich gestapelt lagen.

Er deutete auf den Computer, als würde er sich daran erinnern, und fügte hinzu: „Ich wollte dir heute Nachmittag eine Nachricht schicken und habe festgestellt, dass ich deine E-Mail-Adresse nicht habe. Schalte deinen Computer ein und gib meine ein, damit ich auch deine habe."

„Das können wir später machen, Daddy", schlug sie vor und nahm ihre Handtasche, um zu gehen.

„Jetzt, Piper", korrigierte Gabriel mit stählerner Stimme. „Wir werden es später vergessen."

Sie setzte sich an den Tisch und tippte ihren vierstelligen Sicherheitscode ein, als die Maschine aufwachte. Piper hasste es, darauf zu warten, dass das Gerät hochfuhr, also schickte sie es einfach in den Schlafmodus, wenn sie es nicht benutzte. Schnell schickte sie ihm eine Nachricht an die von ihm diktierte E-Mail-Adresse, bevor sie den Computer wieder in den Bereitschaftsmodus schickte.

„Danke, Piper. Jetzt muss ich nicht mehr daran denken. Lass uns zum Abendessen gehen. Ich freue mich schon darauf, dich auszuführen." Wieder lächelnd führte er sie aus der Wohnung und zum wartenden Auto hinunter.

„Fahren Sie eigentlich selbst?", fragte sie ihn, während der Wagen in den Verkehr rollte.

„Nur gefährlich schnelle Autos, bei denen ich nicht riskieren würde, dass du mitfährst", antwortete er sanft. „Ich würde das hier viel lieber tun", sagte Gabriel, während er sich vorbeugte, um sie innig zu küssen, „als mich aufs Fahren zu konzentrieren."

Vergnügt über seine Zuwendung schmiegte Piper sich an ihn. „Wohin gehen wir zum Abendessen, Gabriel?"

Auf seinen missbilligenden Blick hin flüsterte sie: „Daddy?" Piper spähte nach vorne, wo der Fahrer saß, da es ihr unangenehm war, dass andere ihr Geheimnis kannten.

„Pablo ist nur ein Angestellter, Piper. Er würde es nicht wagen, über seinen Arbeitgeber zu tratschen, sonst wäre er bald seinen Job los."

Pipers Herz empfand Mitleid mit dem sich gekonnt durch den Verkehr schlängelnden Mann. Sie wusste, dass er trotz seiner teilnahmslosen Miene das ganze Gespräch verfolgt hatte. Pablo musste wissen, dass er, egal wie gut er seinen Job machte, immer ein leicht ersetzbarer Mitarbeiter sein würde. Sie warf einen Blick zurück auf Gabriels Gesicht, in der Hoffnung, ein wenig Mitgefühl zu sehen.

„Du bist nicht an meine Welt gewöhnt, Piper. Überlass es mir, mich um alle Angelegenheiten zu kümmern, die das Leben mit sich bringt. Lass uns den Abend gemeinsam genießen", drängte Gabriel, der vielleicht ihr Unbehagen spürte. „Heute Abend gehen wir in ein schönes Restaurant. Es ist an der Zeit, dass ich mein schönes Kleines so richtig zelebriere. Heute Abend werden alle neidisch auf mich sein."

„Mir gefällt, dass wir feiern." Piper erlaubte sich, sich von den negativen Gedanken ablenken zu lassen.

Als sie vor dem exklusivsten Restaurant der Stadt anhielten, drehte sich Piper um und sah Gabriel erstaunt an. „Wir essen hier? Das ist so teuer, Daddy. Wir könnten auch woanders feiern."

„Hier werden wir dinieren, Piper. Erlaube Pablo, deine Tür zu öffnen", befahl er, während er aus dem Auto schlüpfte. Als er um die Heckklappe herumgegangen war, streckte er seine Hand aus, um ihre zu ergreifen und ihr aus der Limousine zu helfen.

Piper klammerte sich an seinen Arm, als sie den schönen Wartebereich durchquerten. Sofort begrüßte der Oberkellner Gabriel: „Señor Serrano. Es ist mir ein Vergnügen, dass Sie bei uns zu Abend essen. Ich habe Ihren Champagner auf Eis an Ihren Tisch gestellt. Bitte folgen Sie mir."

„Champagner?", flüsterte Piper.

Gabriel antwortete nicht auf ihre Frage, sondern führte sie zu dem abgelegenen Tisch, an dem ein großer silberner Eimer stand, in dem eine umhüllte Flasche stand. Der umherschwirrende Kellner legte Piper vorsichtig die Serviette auf den Schoß, nachdem Gabriel ihr den Stuhl untergeschoben hatte.

„Guten Abend, Sir, Miss. Ich bin William. Ich werde Sie beide heute Abend bedienen."

„Guten Abend, William. Ich hoffe, Sie haben meine Instruktionen erhalten", fragte Gabriel.

„Ja, Sir." Der Kellner hob die Flasche aus dem Eis und präsentierte sie ihm zur Genehmigung.

„Perfekt. Öffnen Sie doch bitte die Flasche für uns", wies Gabriel ihn an. Als jeder von ihnen ein Glas der sprudelnden Flüssigkeit in der Hand hielt, richtete er seinen Blick auf Piper.

„Auf uns, Piper", sagte er und stieß sein Glas leicht mit ihrem an.

Gehorsam nahm Piper einen Schluck, bevor sie ihn über das Glas hinweg anschaute. „Gibt es ein uns?", fragte sie tapfer.

„Mit Sicherheit", antwortete er mit einem bezaubernden Lächeln.

Piper nahm einen weiteren Schluck und betrachtete ihn über den Glasrand hinweg. Sie verstand nicht, warum Gabriel mit seinem modellhaften Aussehen und seinem schlanken, harten Körper an ihr interessiert sein sollte. Nur ein Idiot würde die flirtenden Blicke und offenen Einladungen übersehen, die ihm viele der Frauen im Restaurant zuwarfen. Abgelenkt von ihren Gedanken, sah sie nicht, wie er in seine Tasche griff und ein kleines Samtkästchen herausholte.

Das Glitzern der fein geschliffenen Diamanten weckte ihre Neugierde. Piper hörte, wie von einem anderen Tisch die Worte „Sieh mal, er macht einen Antrag" zu ihr drangen.

Schockiert sah sie in seine dunklen Augen. Ihr Herz raste in ihrer Brust. Das kann doch nicht sein ...

„Kleines, du hast mich für immer verzaubert. Willst du mir meinen innigsten Wunsch erfüllen und Mrs. Gabriel Serrano werden?"

„Gabriel?", flüsterte sie, sicher, dass sie sich das nur einbildete.

„Sag ja, Piper", drängte er mit einem nachsichtigen Lächeln.

„Ja!", kam flüsternd über ihre Lippen, als hätte sie Angst, laut genug zu sprechen, um aus diesem Traum aufzuwachen.

Nachdem er den exquisiten Verlobungsring aus der Schachtel gezogen hatte, nahm Gabriel ihre linke Hand. Er hob sie zuerst an seine Lippen und steckte ihr dann den Ring an ihren Ringfinger. Als im noblen Speisesaal begeisterter Beifall ertönte, sagte Gabriel zu ihr: „Mein Kleines für alle Zeiten."

Der Rest des Essens verging wie im Fluge. Piper wusste, dass sie etwas von dem Essen gegessen hatte, das man ihr vorgesetzt hatte, während der Champagner in Strömen floss. Schließlich teilten sie sich ein köstliches Schokoladendessert. Als Gabriel ihr einen Bissen in den Mund steckte, sagte er: „Heute Abend werde ich dich ganz und gar zu meiner Kleinen machen. Bist du bereit zu verschwinden, Piper?"

Sie schluckte schnell und nickte. „Bitte, Gabriel. Bringen Sie mich nach Hause."

Rasch beglich er die Rechnung und nahm die Glückwünsche mehrerer Leute entgegen, während sie durch die Tische der geschmackvoll gekleideten Gäste gingen. Während der Heimfahrt quälte Gabriel sie mit leidenschaftlichen Küssen und intimen Berührungen. Der Champagner vernebelte ihre Wahrnehmung, so dass sie nicht einmal an Pablo dachte, bis er ihr die Tür öffnete.

„Danke, Pablo", flüsterte sie, ohne ihm in die Augen zu sehen.

„Mögen Sie sehr glücklich werden, Miss", beglückwünschte er sie.

Gabriel schnappte sie sich und stürmte mit ihr in ihre Wohnung. Seine Hände zogen Piper gekonnt die Kleidung aus. „So ein schönes Kleines", lobte er und fuhr mit seinen Fingern über ihre Kurven.

Sie keuchte und klammerte sich an seine breiten Schultern, als Gabriel sie in seine Arme hob. Sein Mund verschloss ihren mit einem harten Kuss, der seine Begierde verriet. Er schritt durch ihre Wohnung und trug sie in ihr Schlafzimmer, wie er es jeden Abend getan hatte, seit sie sich kennengelernt hatten. Diesmal wusste sie, dass er sie nicht einfach ins Bett stecken würde, nachdem er ihr Vergnügen bereitet hatte.

In der Mitte des Bettes platziert, sah Piper zu, wie er sich entkleidete. Dunkles Haar verlief über seine gemeißelte Brust. Eine dünne Linie zog sich bis in seine edle Hose. Sie hielt den Atem an, als er seine Hose öffnete und sie achtlos über seine Hüften schob, so dass sie vor ihren Augen zu einer Pfütze wurde. Sein Schaft drückte heftig gegen die schwarzen, hautengen Boxershorts, die seinen Körper umschlossen. Als auch diese zu Boden fielen, richtete sich Piper von ihrem Rücken auf, um nach ihm zu greifen. Sein leises Glucksen angesichts ihres Eifers ließ sie auf der Stelle erstarren.

„Geduld, meine Kleine." Gabriel kroch auf das Bett und zog sie unter seinen Körper. Er eroberte ihren Mund und übernahm die Kontrolle über den Kuss, drückte seine Zunge hinein, um sie zu schmecken. „Mmm."

„Bitte, Gabriel! Berühre mich." Piper ließ ihre Hände an seinen Seiten hinuntergleiten und genoss die Stärke seines muskulösen Körpers. Wagemutig strich sie seine Wirbelsäule hinunter, um seine Pobacken zu streicheln. Ihre Welt wirbelte durcheinander, als Gabriel sie herumrollte, um sie auf sich zu ziehen. Sie setzte sich teilweise schockiert über die plötzliche Drehung auf und erstarrte, als sein Schaft sich eng an sie presste.

Gabriel umfasste ihre Brüste, während er seinen Oberkörper anhob, um ihr einen weiteren Kuss auf die Lippen zu drücken. Er ließ sich auf die Kissen sinken und betrachtete ihren Körper, während sie sich gegen seinen Schwanz presste. Ihre ergiebigen Säfte erlaubten es ihr, über seine Erektion zu gleiten. Seine Finger schlossen sich um ihre Brustwarzen und bereiteten ihnen einen schmerzhaften Genuss, bevor er sie mit einem Zungenwirbel beruhigte.

Als die Finger einer Hand sich einen feurigen Weg zu ihrer Muschi bahnten, hob Piper sich leicht an, um ihm Zugang zu gewähren. Zur Belohnung strich Gabriel mit einer Fingerspitze über ihren Kitzler. Gefangen zwischen dem Wunsch, sich gegen ihn zu pressen und der Angst, dass er aufhören würde, hielt Piper den Atem an und wartete auf das Vergnügen, das Gabriel ihr so leicht verschaffen konnte.

Während er sie streichelte, fragte Gabriel: „Bist du bereit, dich mit mir zu vereinen, Kleine? Ich werde dich danach nie wieder gehen lassen."

„Bitte, Gabriel. Ich brauche Sie so sehr."

„In meiner Jackentasche ist ein silbernes Kartenetui. Hol es für mich."

„Was?", fragte sie verwirrt.

„Hol es für mich, kleines Mädchen."

Zappelnd löste sie sich von ihm und rutschte vom Bett. Piper erinnerte sich daran, dass er seine Jacke an den Stuhl in ihrem Zimmer gehängt hatte und kramte erst in der einen und dann in der anderen Tasche. Triumphierend drehte sie sich mit dem schweren Etui in der Hand um. Piper kletterte wieder auf das Bett und reichte ihm die Schachtel.

„Daddys müssen ihre kleinen Mädchen schützen", verkündete Gabriel und zog das Oberteil ab, um einen Streifen Kondome freizulegen.

Sie sah zu und war fasziniert von dem Anblick seiner Hände, die sich auf seinem Schwanz bewegten. Unaufgefordert ging Piper zurück in ihre Position und ritt auf seinem Becken auf und ab. Gabriel umfasste ihre Taille mit seinen Händen, drückte sie höher und presste sich gegen ihre Öffnung.

Pipers Atem blieb ihr in der Kehle stecken, als er in sie eindrang. Seine Breite dehnte sie weit aus, während er ihren Körper langsam über seinen Schaft gleiten ließ. Schließlich presste sie sich ganz gegen sein Becken. Sie keuchte auf, als er jeden Zentimeter in ihr auszufüllen schien.

Als sein Daumen kurz über ihre Klitoris strich, schaukelte Piper gegen seinen Körper. Ein Kribbeln der Lust machte sich in ihr breit. Knapp davor, jagte sie der Lust nach, als er sich in ihr bewegte. Höher und höher baute er die Welle auf, die sie zu überrollen drohte, bis sie nicht mehr konnte.

„Bitte, Daddy. Hilf mir!", flehte Piper. Sie klammerte sich an ihn, als er sie wiederholt mit sich herumwirbelte.

„Ja!", ermutigte sie ihn, während sich seine Stöße in ihr intensivierten. Pipers Finger krallten sich in seine Schultern und sie kämpfte auf ihren Höhepunkt zu.

„Komm jetzt, Piper!", befahl er.

Sekunden später erreichte die Lust ihren Höhepunkt. Mit einem Schrei explodierte sie unter ihm.

Gabriel zog ihr die Decke unter das Kinn, bevor er ihr einen Kuss auf die Stirn drückte. „Schlaf, Kleines. Bald wirst du für immer mein sein."

KAPITEL 5

„Piper, ich habe das Gefühl, dass Ihr Potential in Ihrer früheren Position verschwendet wurde. Ihr Chef hat gefragt, wann ich Sie zurückschicke, und ich muss zugeben, dass ich das gar nicht möchte. Haben Sie mit Marla gesprochen?", fragte Terry.

„Diese Woche noch nicht", gab Piper zu und fühlte sich wie eine miese Freundin. Sie war so sehr mit Gabriel beschäftigt gewesen, dass sie nicht zurückgeschrieben hatte, als sie die letzte Ladung süßer Babyfotos erhalten hatte.

„Sie hat mir heute mitgeteilt, dass sie für eine Weile mit dem Baby zu Hause bleiben wird und nach dem Ende ihres Mutterschaftsurlaubs nicht zurückkehren möchte. Ich würde Ihnen gerne ihre Stelle anbieten."

„Wirklich? Ich würde liebend gerne weiter mit Ihnen arbeiten." Piper versuchte, professionell zu reagieren, aber innerlich hüpfte sie vor Begeisterung auf und ab.

„Aber Sie müssen mir versprechen, dass Sie sich nicht von Gabriel Serrano abwerben lassen. Ich habe gehört, dass er hier eine neue Filiale aufmacht", bemerkte Terry.

Sie spürte, dass in diesem Scherz ein großer Teil ernst gemeint war. „Mein Privatleben und mein Berufsleben werden sich niemals überschneiden. Das ist ein Rezept für eine Katastrophe", versicherte Piper ihm.

„Manchmal stimmen Herz und Verstand nicht überein, aber ich bin froh, dass ich Ihre Hilfe habe", antwortete Terry umsichtig.

„Danke, dass Sie mir die Chance geben, Terry. Ich werde hart arbeiten", versprach sie.

„ **W**arum haben Sie mir nichts davon erzählt, dass Sie hier ein Büro eröffnen?", fragte Piper am Abend, als Gabriel sie abholte.

„Achte auf deinen Tonfall, Kleines. Daddys müssen ihren kleinen Mädchen nicht alles erzählen. Vielleicht wollte ich, dass es eine Überraschung ist."

Sofort entschuldigte sich Piper: „Oh, es tut mir leid, Daddy."

„Entschuldigung angenommen."

Als sie am nächsten Morgen an das Gespräch zurückdachte, stellte Piper fest, dass er ihr gar nicht geantwortet hatte. Er hatte nur angedeutet, dass es möglicherweise als Überraschung gedacht war. Vielleicht war es das aber auch nicht.

Piper schüttelte den Kopf über diesen negativen Gedanken hinweg und war sich sicher, dass sie zu viel in sein Schweigen hineininterpretierte. Gabriel stillte ihre geheimsten Sehnsüchte, die sie nie zuvor mit jemand anderem hatte teilen wollen. Er wusste einfach, was sie brauchte.

Um sich abzulenken, schickte sie eine kurze Nachricht an Marla, in der sie ihr gratulierte, dass die frischgebackene Mutter mit ihrem Baby zu Hause bleiben wollte. Sofort summte ihr Telefon. In Erwartung einer neckischen Antwort blieb Pipers Mund offenstehen, als sie las: *Ich kann nicht glauben, dass du mein Vertrauen und meine Freundschaft damit erwiderst, dass du Terrys Kopf mit diesem ganzen Scheiß füllst. Karma ist normalerweise eine Schlampe und ich kann es kaum erwarten, bis es dich einholt!*

Zu ihrem weiteren Erstaunen stellte sie fest, dass Marla ihre Nummer blockiert hatte, als sie schnell zurückschrieb: *Wovon redest du?*

Als Terry den Raum betrat, fragte sie: „Marla hat mir gerade eine merkwürdige Nachricht geschickt."

„Ich kann mir nicht vorstellen, dass sie sehr erfreut darüber ist, dass Sie ihre Inkompetenz aufgedeckt haben", antwortete Terry mit einem Augenzwinkern.

„Was? Ich habe nie etwas Schlechtes über Marla gesagt! Sie ist eine fantastische Verwaltungsassistentin. Sie hat mir so viel beigebracht", protestierte Piper.

„Wirklich? Dieser Bericht hat sie definitiv nicht mit Ruhm bekleckert."

„Welcher Bericht?", fragte sie verblüfft.

„Lassen Sie mich ihn auf meinem Computer abrufen", sagte Terry, der offensichtlich spürte, dass etwas nicht stimmte.

Piper folgte ihm ins Büro und sah zu, wie er eine Datei öffnete und ein Word-Dokument auswählte. Er drehte den Computer um, so dass sie eine Datei mit Terminen sehen konnte. Nachdem sie die ersten paar gelesen hatte, sah sie ihn schockiert an. „Das habe ich nicht verfasst."

„Warum haben Sie es dann abgeschickt?", fragte er und verschränkte die Finger ineinander, während er sie streng ansah.

„Das habe ich nicht. So etwas habe ich noch nie gesehen."

„Es kam nach Feierabend von Ihrem persönlichen Konto", berichtete Terry und drehte den Computer zurück zu sich. Er rief eine E-Mail auf und schob den Bildschirm wieder zu ihr, um sie ihr zu zeigen.

„Terry, ich habe das nicht geschrieben. Ich weiß nicht, wer sich in meinen Account eingehackt und das gemailt hat, aber ich war es nicht. Marla ist ... war meine Freundin und Mentorin. Sie ist unglaublich. Wie kann ich das in Ordnung bringen?"

Er schüttelte traurig den Kopf. „Ich weiß es nicht. Ich habe es an die Personalabteilung weitergeleitet und sie haben ihr angeboten zu kündigen, bevor sie entlassen wird."

„Lassen Sie uns der Sache auf den Grund gehen." Er wählte eine Nummer aus seinem Adressbuch. Marlas zögerliches „Hallo" ertönte im Raum.

„Danke, dass du meinen Anruf entgegennimmst, Marla. Hier geht etwas vor sich, das mir nicht gefällt und ich möchte der Sache auf den Grund gehen. Ich möchte, dass du weißt, dass Piper hier bei mir ist."

„Ich will nicht mit ihr reden", schnauzte Marla.

„Ich glaube, wir brauchen sie hier. Du solltest wissen, dass wir ohne ihren Einspruch und Befürchtungen, dass etwas Schreckliches passiert ist, gerade nicht miteinander reden würden. Die Informationen, die per E-Mail von Pipers persönlicher Adresse eingegangen sind, hatten mich bewogen, weitere Maßnahmen zu ergreifen. Sie sagt allerdings, sie hätte diese noch nie gesehen. Wenn sie keine ausgefeilte Schauspielerin ist, bestätigt mir mein Bauchgefühl, dass sie die Wahrheit sagt", bestätigte Terry.

„Marla, ich weiß nicht, woher das kommt. Ich habe diese Liste nicht erstellt", protestierte Piper.

„Woher soll sie dann kommen?", fragte Marla herausfordernd.

„Das Datum der E-Mail ist vom Freitag vor einer Woche. Terry war den ganzen Tag über mit Besprechungen im Büro beschäftigt. Ich hatte mit seiner Erlaubnis etwas Arbeit mit nach Hause genommen und von dort aus gearbeitet. Ich wollte etwas mehr Zeit haben, um mich auf mein Date mit Gabriel vorzubereiten. Er hat mich beim Abendessen gefragt, ob ich ihn heiraten will. Ich lasse meinen Computer immer im Standby-Modus. Vielleicht hat sich jemand eingeklinkt?" Piper sprach langsam, während sie versuchte, sich an alle Ereignisse dieses Abends zu erinnern. Ihr Gesicht erhitzte sich, als sie sich daran erinnerte, wie leidenschaftlich Gabriel das erste Mal mit ihr geschlafen hatte.

„Die bequemste Antwort wäre, dass Gabriel es geschickt hat", stieß Marla hervor.

Pipers Mund wurde augenblicklich trocken. Sie erinnerte sich an die Schräglage des Laptops, als hätte ihn ein Linkshänder benutzt. Das hätte er doch nicht getan, oder etwa doch?

„Terry, Gabriel erwähnte eine neue Vereinbarung, die er zwischen den beiden Unternehmen aushandeln wollte. Haben Sie schon eine Entscheidung darüber getroffen?", fragte Piper plötzlich im Thema springend.

„Es gibt keine neuen Vereinbarungen", erwiderte Terry. „Kommen wir zurück zu der Erklärung, die mir zugeschickt wurde ..." Seine Stimme verstummte, als Piper in das angrenzende Büro eilte, um die Papiere auf ihrem Schreibtisch zu durchstöbern.

„Was ist hier los?", fragte Marlas Stimme.

„Ich weiß es nicht. Piper ist in ihr Büro gelaufen, um etwas zu holen. Da kommt sie zurück." Terry nahm ein Blatt Papier aus der zitternden Hand seiner neuen Verwaltungsassistentin entgegen. „Was ist das? Eine Vereinbarung, dass unsere Firma exklusiv bei der Serrano Corporation bestellt? Dem würde ich niemals zustimmen. Wo kommt das denn her?"

„Es war in einem Stapel von Papieren, die Sie mir in den Postkorb gelegt hatten", erklärte Piper. „Ich wollte das nicht bearbeiten, weil es mir irgendwie suspekt vorkam."

„War das in den Papieren, die Sie letzte Woche mit nach Hause genommen haben, um daran zu arbeiten?", fragte Terry.

Piper schluckte schwer und nickte. Es waren die Papiere, die sie an dem Abend auf ihrem Schreibtisch liegen gelassen hatte, als Gabriel ihr einen Heiratsantrag gemacht hatte. Sie drehte den verschnörkelten Verlobungsring an ihrem Finger. „Ich verstehe nicht, was hier vor sich geht, aber ich weiß, dass Marla keine Schuld an all diesen Vorwürfen trägt. Ich werde meine Kündigung einreichen, damit sie wieder arbeiten kann."

Terry und Marla ergriffen gleichzeitig das Wort. Er unterbrach sich, um ihre Stellungnahme zu hören.

„Ich war furchtbar verletzt, als man mir eine so entsetzliche Liste von Regelverstößen unter die Nase gehalten hat. Ich möchte nicht länger in diese Firma zurückkehren. Ich möchte meine gesamte Abfindung mit einem Bonus für den Umgang, den ich erfahren habe. Außerdem hätte ich gerne ein Dokument, in dem steht, dass die Anschuldigungen falsch sind und dass dieses Unternehmen mir ein tadelloses Arbeitszeugnis ausstellen wird, wenn ich wieder anfange zu arbeiten", forderte Marla prompt.

Piper bewunderte nickend den schnellen Verstand ihrer Freundin. Marla würde wieder auf die Beine kommen. Ihre Angst, ihre Freundin verletzt zu haben, ließ ein wenig nach. Mit dem Baby zu Hause zu bleiben, war immer Marlas Traum gewesen. Piper konnte darauf wetten, dass Terry eigenhändig dafür sorgen würde, dass ihre Abfindung großzügig ausfiel.

Terry beendete das Telefonat. „Piper", sagte er sanft, um sie von ihren turbulenten Gedanken abzulenken, „ich möchte Ihre Kündigung nicht akzeptieren, aber ich glaube, ich muss es, wenn Sie nicht erkennen, was oder wer all diese Ereignisse miteinander verbindet. Es gibt nur eine Person, die davon profitiert hätte, wenn Sie den Papierkram ausgefüllt hätten."

„Gabriel", stieß sie keuchend hervor. Ihr wurde schlecht.

„Ich möchte, dass Sie sich den Rest des Tages frei nehmen. Am Montagmorgen besprechen wir, was wir als Nächstes tun müssen."

Sie nickte und wandte sich zur Tür. Piper schaute über ihre Schulter, um sich zu entschuldigen. „Ich fühle mich wie eine Idiotin. Es tut mir so leid, dass ich nicht gesehen habe, was vor sich geht."

„Wir reden am Montag weiter, Piper."

KAPITEL 6

Als Piper das Büro verließ, wurde ihr bewusst, dass sie nicht einmal eine Ahnung davon hatte, wohin sie gehen sollte, um Gabriel zur Rede zu stellen. Sie zog ihr Handy hervor und schickte ihm eine Nachricht. *Wo sind Sie?*

Du willst mich unbedingt sehen, kleine Verlobte? Ich bin in meinem Hotel. Ich habe es langsam satt, hier im Continental zu wohnen. Vielleicht sollten wir uns am Wochenende nach einem Haus umsehen.

Sie begann in seine Richtung zu marschieren. Das Continental lag drei Blocks östlich von ihrem Büro. Piper ignorierte es, als sie spürte, wie ihr Telefon eindringlich summte. Als sie durch die riesigen Glastüren ging, schrieb sie: *Ich bin hier. Bitte kommen Sie in die Lobby.*

Dein Ton gefällt mir nicht, kleines Mädchen. Komm in mein Zimmer, Nummer 523.

Sie war sich sicher, dass es keine gute Idee war, sich allein mit ihm zu treffen. Piper ging zum Concierge und bat darum, eine Nachricht für einen Gast bei ihm zu hinterlassen. Als er ihr einen Umschlag überreichte, zog sie ihren Ring ab und steckte ihn hinein.

„Der ist zu wertvoll, um ihn bei mir zu lassen. Erlauben Sie mir," er schielte auf den Namen, den sie auf den Umschlag für Zimmer fünfhundertdreiundzwanzig gekritzelt hatte, „Mr. Serrano anzurufen."

„Es ist mir völlig egal, ob der Ring verloren geht oder nicht." Piper drehte sich um und ging.

Zu Hause angekommen, sah sie sich um und stellte fest, dass die Spuren Gabriels Präsenz in ihrer Wohnung unübersehbar waren. Sie packte einen Kleidersack mit mehreren Arbeitsoutfits und stopfte ihre wertvollsten Besitztümer in einen großen Seesack. Ein höfliches Klopfen an ihrer Tür ließ sie erstarren. Leise schlich sie sich zur Tür und schaute durch den Türspion. Pablo.

„Ich komme nicht mit dir mit, Pablo."

„Ich werde Señor Serrano informieren", drohte er.

Als sie sah, dass er weiterhin vor der Tür stand, riss sie sie auf. „Geh weg, Pablo."

Er blickte an ihr vorbei zu den hastig gepackten Taschen. „Lauf weit weg und lass dich nicht von ihm finden, Piper."

Ihre Wut verflog, als ihr klar wurde, dass er sie nicht zwingen würde, mit ihm zu kommen. „Das ist mein Plan."

„Ich werde ihn in zwei Minuten anrufen und Señor Serrano sagen, dass du nicht hier warst. Er wird es mir nicht abnehmen."

„Ich werde jetzt gehen."

Pablo nickte. „Er darf dich nicht finden", wiederholte er, bevor er sich umdrehte und zum Aufzug ging.

Mit beladenen Armen rannte Piper die Treppe zum Parkhaus hinunter. Sie würde ein paar Tage bei ihren Eltern bleiben, bis er sich beruhigt hatte.

Als sie den Schotterweg hinunterfuhr, entspannte sich Piper zum ersten Mal. Gabriel hatte während ihrer rasanten Romanze nie nach ihrer Familie gefragt. Er wusste definitiv nicht, wo sie wohnten. Die Staubwolke kündigte ihren Eltern Besuch an. Als sie vor ihrem Haus parkte, warteten sie bereits auf der Veranda.

„Piper, Liebling. Wir wussten nicht, dass du kommen würdest", begrüßte ihre Mutter sie mit einem breiten Lächeln.

„Mama!" Ihre Stimme zitterte von dem Stress und den Emotionen, die sie während der Fahrt in sich aufgestaut hatte. „Ich habe dir so viel zu erzählen."

A ls Piper sich beim Erzählen ihrer eigenen Geschichte zuhörte, fragte sie sich, ob das alles wirklich passiert war. Es schien so realitätsfern. Ihr Telefon blieb stumm. Gabriel schien resigniert zu haben. Als Piper ihre Eltern am Sonntagmorgen in die Kirche begleitete, fühlte sie sich in ihrer kleinen Gemeinde sicher.

Auf dem Heimweg entdeckte ihr Vater eine sich auflösende Staubfahne, die von der Farm kam. Er wies darauf hin und fragte: „Glaubst du, dein junger Mann würde dich hier suchen?"

„Ich glaube nicht, dass er so dumm ist. Wir würden sofort die Polizei rufen", beschwichtigte ihre Mutter, als Piper verkrampfte. „Ich bin mir sicher, dass ein Nachbar gerade ein Glas Rote Beete oder eine Kleinigkeit für Piper vorbeigebracht hat."

„Nein, er ist sehr schlau."

Ihr Vater parkte in der Garage und durchsuchte das Haus, bevor er die Frauen hinein ließ. „Es ist niemand da. Wir sind alle ein wenig überspannt, glaube ich."

Als Piper ihr Zimmer betrat, stellte sie fest, dass ihr Vater etwas übersehen hatte. Ihr Plüschbär aus Kindertagen, Stanley, lag nicht wie üblich in der Mitte ihres Bettes. Sein Kopf lag auf dem Kissen und die Decke war sorgfältig um ihn drapiert. Gabriels Präzision, mit der er sie nachts zugedeckt hatte, schoss ihr in den Kopf. Mit zwei Schritten erreichte sie das Bett und schlug die Decke zurück. Ein Stück roter Spitze lag unter dem Kuscheltier.

Unfähig, sich zurückzuhalten, hob sie sie auf. Piper wippte auf ihren Fersen zurück und dachte an die Nacht nach ihrer Züchtigung zurück. Er hatte ihr damals das Höschen weggenommen. Sie schluckte schwer, denn sie wusste, dass er da gewesen war. Sie musste fort.

Sie konnte nicht zurück in ihre Wohnung gehen. Die Stadt, in der Gabriel sich niedergelassen hatte, war der denkbar schlechteste Ort für sie. Sie kontaktierte Terry und erzählte ihm fast die ganze Geschichte, wobei sie die intimen Teile ausließ, die er nicht zu erfahren brauchte. „Es tut mir leid, Terry. Ich bin dort nicht sicher. In ein paar Minuten werde ich Ihnen meine Kündigung schicken. Es tut mir leid, Sie im Stich zu lassen."

„Ich fühle mich schuldig, überhaupt mit ihm Geschäfte gemacht zu haben. Gott sei Dank haben Sie gemerkt, dass mit dieser Sache etwas nicht stimmt. Ich habe noch drei Monate Zeit, um die Verträge mit ihm zu lösen. Sobald Sie einen neuen Job finden, geben Sie meinen Namen als Referenz an. Ihre Fähigkeiten als Verwaltungsassistentin waren bemerkenswert."

„Danke, Terry."

KAPITEL 7

„Guten Morgen, Mr. Edgewater!", begrüßte ihn einer der Sicherheitsleute des Wochenenddienstes.

„Morgen, Jason! Wie geht es Ihrer Braut?", fragte Easton Edgewater durch das Fenster seines Geländewagens.

„Sie hat sich gut in ihr neues Leben eingelebt, Sir. Danke der Nachfrage." Der frisch verheiratete junge Mann strahlte.

Easton winkte, als er durch das bemannte Tor fuhr, das die ABC-Türme sicherte. Jason und seine Braut Tori hatten die gesamte Belegschaft zu dem kleinen Gottesdienst im Rosengarten des Komplexes eingeladen. Eastons Anwesenheit hatte bei ihren Familien für Aufregung gesorgt, die nicht verstanden, welch enge Beziehung die meisten Mitarbeiter zu seinem Unternehmen hatten.

An diesem Morgen schaute er sich anerkennend um, als er in das Unternehmen fuhr, das er durch harte Arbeit, eine brillante Strategie und, ja, eine Menge Glück aufgebaut hatte. Das Außengelände des Gebäudekomplexes war tadellos. Experten hatten es so angelegt, dass es Platz für alle Aktivitäten bot, die seine Mitarbeiter brauchten: einen Wanderweg, Mittagspausen an der frischen Luft, Festivitäten. Easton hatte die neuesten innovativen Wellness- und Glückskonzepte zusammengetragen, um ein Mekka für alle zu schaffen, die hier arbeiteten. Zu seiner Freude umgab nun eine lebhafte Gemeinschaft seiner

Mitarbeiter die drei Türme auf beiden Seiten. Auch das unbesiedelte Gebiet auf den anderen beiden Seiten gehörte ihm, um eine zukünftige Expansion zu ermöglichen.

Easton parkte auf dem für ihn reservierten Platz neben dem Privataufzug des A-Gebäudes und holte seinen Computerkoffer und seine Reisetasche aus dem Kofferraum. Er benutzte einen Transponder, um die Tür zu öffnen, als er sich näherte. Er betrat den Aufzug und drückte den obersten Knopf, der ihn zu seinem Büro und Privaträumen bringen würde.

„Guten Morgen, Easton", rief seine Verwaltungsassistentin von ihrem Schreibtisch aus. „Ich bin froh, dass du zurück bist. Kaffee?"

„Sehr gerne, Sharon. Ich danke dir. Du hättest heute nicht kommen müssen", fügte er hinzu und lächelte über ihre Einsatzbereitschaft.

„Ich habe dir eine Akte auf den Schreibtisch gelegt. Ich muss zugeben, ich bin gespannt auf deine Reaktion", gestand Sharon.

Fasziniert von dem Anflug von Nervosität in der Stimme seiner sonst so unbeirrbaren Assistentin, betrat Easton sein Büro und öffnete die Innentür, um seinen Koffer darin zu verstauen. Er ging direkt zu seinem Schreibtisch, setzte sich und schlug die Akte auf.

Eine bildschöne Frau blickte ihn an. Es war kein ausgefeiltes Porträtfoto, sondern stammte offensichtlich von ihrem Profil in den sozialen Medien. Piper Townie war in der sauberen Handschrift seiner Sachbearbeiterin notiert worden, zusammen mit ihrem Alter von sechsundzwanzig Jahren. Easton betrachtete ihr sanftes Lächeln und das Glitzern in ihren Augen. Piper saß mit drei Kindern an einem Tisch und baute eine wackelige Festung aus bunten Plastiksteinen. Sie schien in ihrem Element zu sein.

„Piper beginnt am Montag ihre Ausbildung bei mir."

„Ich hätte gedacht, dass du mir erlaubst, mir meine neue Assistentin auszusuchen, wenn du mich schon im Stich lässt", sagte Easton leichthin und lächelte dankbar, als Sharon ihm eine Tasse Kaffee reichte, die genau nach seinem Geschmack zubereitet war.

„Piper ist perfekt. Du wirst es selbst feststellen, wenn sie erst mal fünf Minuten hier ist." Sharon winkte ab und setzte sich gesellig auf einen Stuhl vor Eastons riesigem Schreibtisch.

„Ich bin neugierig. Warum hast du sie ausgewählt?"

„Sie ist die Richtige. Es ist an der Zeit, dass du deine Kleine findest. Du machst es selbst nicht, also habe ich mich für dich darum gekümmert."

Easton betrachtete die unglaubliche Frau, die zwanzig Jahre lang seine rechte Hand gewesen war. „Ich glaube, dieser Ort wird ohne dich auseinanderfallen, Sharon."

„Auf keinen Fall. Ich habe ihn nur auf Vordermann gebracht. Piper wird ihn wie ein Uhrwerk am Laufen halten. Sie hat einen beeindruckenden Lebenslauf. Außerdem bin ich nur einen Telefonanruf entfernt. Roger braucht jetzt seine Mama und ich muss bei ihm sein, solange er sich daran erinnern kann", gestand Sharon, bevor sie ein Lächeln auf ihre Lippen zwang.

„Er hat großes Glück, dich in seinem Leben zu haben. Roger weiß das."

„Bring mich im Büro nicht zum Weinen. Konzentrieren wir uns auf dich. Lies Pipers Akte und stelle deine Fragen", forderte Sharon, während sie heftig blinzelte.

„Nenne mir drei Adjektive, die sie deiner Meinung nach beschreiben", bat Easton.

„Schau sich einer diese ausgefallene Interviewfrage an, die du dir da ausgedacht hast. Die kann ich dir nicht beantworten. Vergiss nicht, dass ich nur kurz per Videokonferenz mit ihr gesprochen habe. Sie hat sich für eine mittlere Verwaltungsstelle beworben."

„Ich kann hier sehen, dass sie für kurze Zeit eine leitende Verwaltungsposition innehatte. Warum sollte sie eine höhere Position aufgeben, um sich auf einer niedrigeren Ebene zu bewerben?", fragte sich Easton und blätterte die Seiten durch.

„Ich habe keine Anhaltspunkte, aber ich glaube, sie läuft vor etwas oder jemandem weg."

„Nie verheiratet?"

„Eine Verlobungsanzeige mit ihrem Namen ist in der Stadt aufgetaucht, die sie als ihre Heimatadresse angibt. Ich habe einen Ermittler gebeten, ihre Wohnung zu besuchen. Die Nachbarn berichteten, dass Piper dort seit mehreren Wochen von niemandem mehr gesehen wurde. Einer hat beobachtet, wie sie ihr Auto mit Habseligkeiten vollgestopft hat. Sie nahmen an, dass sie zu dem gutaussehenden Mann gezogen sei, den sie häufig in ihrer Wohnung gesehen hatten. Der Eigentümer des Gebäudes hat die Wohnung gerade zur Vermietung ausgeschrieben."

„Und der Mann, mit dem sie zusammen war?"

„Es gibt eine lange Reihe von einstweiligen Verfügungen gegen ihn, die von früheren Verlobten eingereicht wurden."

„Das ist überhaupt nicht verdächtig", bemerkte Easton und spürte, wie sich seine Augenbrauen besorgt zusammenzogen.

„Ihre Bewerbung enthielt einen Vermerk. Sie bat um Empfehlungen für gesicherte Unterkünfte in der Gegend."

„Eine gesicherte Unterkunft?"

„Das ist mir auch aufgefallen", nickte Sharon. „Nach dem Gespräch mit ihr, kann ich bestätigen, dass ihre Fähigkeiten erstklassig sind. Wahrscheinlich technisch besser als meine, wenn ich ehrlich bin."

„Sie wird nicht über deine feinen Instinkte verfügen, nach jahrelanger Tätigkeit in dieser Position", bemerkte Easton.

„Am Anfang nicht. Aber das hatte ich auch nicht. Meine Einschätzung ist, dass sie unglaublich intelligent ist. Ohne Intuition und soziale Kompetenz wäre sie bei ihrem früheren Arbeitgeber nicht für eine so hohe Position in Frage gekommen. Ihr Chef sagt in ihrem Empfehlungsschreiben ganz offen, dass er hin- und hergerissen ist, ob er sie in den höchsten Tönen loben soll, weil sie eine phänomenale Assistentin war oder ob er lügen soll, um sie wieder zurückzugewinnen."

„Hmmm", bemerkte Easton, während er die Papiere in der Akte durchblätterte. Er bemerkte nicht, wie Sharon aus seinem Büro schlich, um ihre Handtasche vom Schreibtisch zu holen. Easton vertraute Sharon bedingungslos.

Piper Townie, du faszinierst mich. Ich werde zumindest dafür sorgen, dass du in Sicherheit bist.

TEIL II
DADDY WARTET AUF DICH

KAPITEL 1

„**M**s. Townie ist hier, Mr. Edgewater."
„Bitte schick sie herein, Sharon", bat Easton, stand auf und umrundete seinen Schreibtisch, um die Interessentin zu begrüßen. Er konnte sich ein Lächeln nicht verkneifen, als Piper Townie eintrat.

Bekleidet mit einem knielangen braunen Rock und einer kupferfarbenen Bluse, die ihre braunen Augen betonte, sah Piper aus, als wäre sie aus der Traumvorstellung eines Marketingspezialisten entsprungen. Piper hatte ihr braunes Haar im Nacken hochgesteckt und trug elegante Pumps mit kleinem Absatz, nichts Auffälliges oder Aufregendes. Sie sah effizient und kompetent aus.

„Ms. Townie, bitte kommen Sie herein. Danke, dass Sie sich zu einem Vorstellungsgespräch mit uns entschlossen haben", begrüßte Easton Piper.

„Mr. Edgewater, ich freue mich sehr, Sie kennenzulernen. Um ehrlich zu sein, habe ich nicht damit gerechnet, heute mit dem Geschäftsführer des Unternehmens zu sprechen", gestand Piper mit einer Spur von nervösem Zittern in der Stimme.

„Sie können sich bei meiner derzeitigen Verwaltungsassistentin für die Planänderung bedanken. Bitte kommen Sie herein und nehmen Sie Platz", ermunterte er sie.

„Danke", murmelte sie höflich, bevor sie sich genau dorthin setzte, wo Sharon zwei Tage zuvor gesessen hatte.

„Sharon hat mir Ihre Bewerbung zur Erwägung vorgelegt. Wir beide haben schon zusammengearbeitet, als Edgewater Industries nur ein Traum gewesen war. Als sie ankündigte, dass sie aus persönlichen Gründen gehen möchte, entschied Sharon, dass sie einen Ersatz für sich selbst finden müsse. Bis jetzt hat sie mir genau eine Kandidatin geschickt. Und das sind Sie."

„Das ist ... verblüffend." Piper beendete ihren Satz nach einer kurzen Pause.

„Das dachte ich mir auch. Was können Sie mir über sich erzählen?", fragte er und lehnte sich in seinem Stuhl zurück.

„Ich bin eine engagierte Mitarbeiterin. Ich arbeite hart und bin gewissenhaft bei der Erfüllung meiner Pflichten."

„Warum verlassen Sie Ihren bisherigen Arbeitsplatz?"

„Ich möchte mich neuen Herausforderungen stellen", antwortete sie mit ausdruckslosem Gesicht.

„Das ist die erste Lüge, die Sie mir auftischen. Versuchen Sie es noch einmal", forderte er sie auf.

Piper erstarrte und Easton konnte erkennen, dass in ihrem Kopf ein innerer Kampf ausgebrochen war. Schließlich fasste sie einen Entschluss und antwortete: „Vielen Dank für Ihre Zeit." Piper stand auf und streckte ihre Hand aus.

„Ein Grund für den Erfolg meiner Firma ist, dass ich die Fähigkeit habe, zu erkennen, wenn jemand lügt", erklärte Easton, ohne ihre ausgestreckte Hand zu beachten. Er hielt sie nicht auf, als sie auf die geschlossene Tür zuging.

Auf halbem Weg dorthin drehte sich Piper um und sah zu ihm zurück. „Egal wer?"

Er lächelte über ihre neugierige Art. „Egal wer."

„Das ist eine mächtige Gabe", antwortete sie mit einem Zucken im Mundwinkel.

„Versuchen Sie es. Sagen Sie mir zwei wahre Aussagen und eine Lüge."

„Wie bei diesem alten Spiel?", fragte sie und hob amüsiert eine Augenbraue.

„Genau."

Piper ging nach vorne und stützte ihre Hände auf die Lehne des Stuhls, den sie verlassen hatte. Sie zögerte, bevor sie drei Aussagen auf ihren Fingern abhakte. „Mein wertvollster Besitz ist ein Plüschbär. Ich habe Angst vor der Dunkelheit. Ich brauche diesen Job wirklich."

„Stimmt. Stimmt. Stimmt. Sie haben vergessen zu lügen."

Sie starrte ihn schockiert an, bevor sie langsam den Kopf schüttelte. „Ich habe keine Angst vor der Dunkelheit."

„Eines Tages werden Sie mir die ganze Wahrheit sagen. Aber ich kann warten, bis Sie mir vertrauen", bemerkte Easton leise, bevor er das Thema wechselte. „Würden Sie sich hinsetzen und das Gespräch zu Ende bringen? Ich denke, Sharon könnte wie jedes Mal den richtigen Riecher haben."

„Gibt es überhaupt jemanden, der Sie täuschen kann?"

„Nein."

Piper drehte sich um und kehrte auf ihren alten Platz zurück. „Ich bin gegangen, weil ich den Antrag des falschen Mannes angenommen habe. Er hat geschworen, mich nie wieder gehen zu lassen. Als er in das Haus meiner Eltern eindrang, um mir eine Nachricht zu hinterlassen, wusste ich, dass er auch für sie eine Bedrohung darstellt."

„Noch einmal die Wahrheit. Sie brauchen einen sicheren Ort zum Leben und Arbeiten", schlug Easton vor.

„Ja."

Er lächelte innerlich, als sie seinen einsilbigen Antwort-Stil adaptierte. „Danke, dass Sie mir die Wahrheit gesagt haben. Lassen Sie mich Ihnen sagen, wie ich Ihnen helfen kann." Easton erläuterte das Leistungspaket, das er ihr anbieten konnte und den Bonus einer kleinen Wohnung in einem sehr geschützten Raum im B-Turm des Bürokomplexes.

„Oh, Angestellte können hier ein Zimmer mieten?", sagte sie erleichtert, während sie sich gegen die Rückenlehne des Sitzes sinken ließ.

„Ich stelle den Littles, die für die Firma arbeiten, kostenlos Raum zur Verfügung. Das ist meine Art, sie zu schützen."

„Littles?", wiederholte Piper. Ihre Nackenhaare sträubten sich, als sie ihn ungläubig anstarrte. Welche Botschaft sandte sie aus, die all diese Männer aufschnappten?

„Ja."

„Meinen Sie mit ‚Littles' Kinder?", fragte sie und versuchte, das Gespräch in eine andere Richtung zu lenken. „Ist das nicht gegen das Gesetz?"

„Nein, ich beschäftige hier nur Leute, die achtzehn oder älter sind. Ich habe den Verdacht, dass Sie schon lange wissen, dass Sie eine Little sind. Ihrer abwehrenden Haltung entnehme ich, dass sich Ihr früherer Verlobter Daddy genannt hat?"

Piper starrte ihn schockiert an. *Woher wusste er das alles?*

„Nicht alle, die sich Daddy nennen, haben die fürsorglich-pflegenden Fähigkeiten, die diese Rolle erfordern. Manche pervertieren diesen Titel, um den Kleinen die Macht zu nehmen. Erlauben Sie niemandem, das zu tun."

Da sie nicht in der Lage war, ihn zu belügen, aus dem einfachen Grund, dass er es sofort wissen würde, versuchte Piper, sich an die Situation zu gewöhnen. „Ich ziehe es vor, mein Privatleben und meine Karriere voneinander zu trennen."

Pipers Gedanken rasten, als sie versuchte, seine Worte zu verdauen. Pervertieren. Gab es Daddys, die die Fantasien ihrer Littles nicht zu ihrem Vorteil ausnutzten?

Innerlich schüttelte sie den Kopf und konzentrierte sich auf den Mann vor ihr. Sie zwang ihre Hände, sich in ihrem Schoß zu entspannen und versuchte, diesem äußerst aufmerksamen Mann keine Geheimnisse zu verraten. Zu ihrer Erleichterung wechselte er das Thema.

„Verständlich. Wenn Sie möchten, kann Sharon Ihnen die Wohnung zeigen, die Ihnen zur Verfügung steht, bevor sie Sie einarbeitet", schlug Easton vor.

Sie verkrampfte sich und unterdrückte die sofortige Reaktion ihres Körpers auf sein sanftes Lächeln. Warum reagierte sie so schnell auf die Zusage dieses Mannes? Sie zwang sich, wieder die richtige Haltung für ein Vorstellungsgespräch einzunehmen, und fragte erschrocken: „Das ist alles? Sie stellen mich als Ihre Verwaltungsassistentin ein?"

„Wenn Sie die Stelle wollen, gehört sie Ihnen. Ich denke, wir würden gut zusammenarbeiten. Sharon wird eine Woche lang bleiben, um den Übergang zu erleichtern. Anschließend hatte sie angeboten, nur einen Telefonanruf entfernt zu sein, wenn Sie sie brauchen."

„Ja, das klingt großartig. Ich nehme den Job an. Ich danke Ihnen." Sie lächelte ihren neuen Arbeitgeber an und spürte, wie Erleichterung ihren Körper durchflutete. *Bitte lass dies die Antwort sein, nach der ich gesucht habe! Lass mich hier in Sicherheit sein.*

„Sie sind herzlich willkommen, Piper. Willkommen in der Familie von Edgewater Industries."

Ein Klingeln an der Tür ließ die beiden aufhorchen. „Ich habe die Schlüssel für Apartment 511. Es ist heute Abend frei. Lass uns einen Spaziergang machen, Piper", schlug Sharon vor.

„O-Okay." Piper strauchelte noch dem schnellen Tempo hinterher, in dem sich ihr Leben gerade veränderte. Sie stand auf und blickte zurück zu Easton Edgewater. „Ich danke Ihnen, Sir. Ich werde sehr hart an mir arbeiten, damit ich die beste Assistentin werde, die Sie je hatten", sie hielt inne und sah Sharon an, bevor sie den Blick ihres neuen Chefs erwiderte, „oder zumindest eine sehr gute zweite."

„Ich sehe Sie heute Nachmittag." Er nahm ihr Versprechen mit einem Nicken an.

Piper folgte Sharon aus dem Büro und zu einem anderen Aufzug als dem, mit dem sie an diesem Morgen hochgefahren war. Sharon steckte einen kleinen Schlüssel an ihrem Ring in einen Schlitz und die Tür öffnete sich sofort. Als sie in die mit Spiegeln versehene Kabine traten, drückte Sharon den Knopf mit der Aufschrift L. Piper bemerkte, dass es nur drei waren: T, L, E. Sie übersetzte schnell Lobby und Easton und korrigierte sich zu Mr. Edgewater.

Sie zwang ihre Gedanken von dem hypnotisierenden Mann loszulassen und fragte: „Wofür steht das T?"

„Tunnel. Dies ist der Schlüssel zu Mr. Edgewaters privatem

Aufzug. Du darfst niemanden einladen, mit dir zu fahren - außer Mr. Edgewater natürlich."

„Ich verstehe", murmelte Piper, während sie dachte: „Ein privater Aufzug?"

Die Türen öffneten sich zu einem ruhigen Korridor und Sharon wies mit einer Geste auf die gläsernen Außentüren ein paar Schritte weiter. „Vor diesen Türen befindet sich der Parkplatz von Mr. Edgewater. Dein Parkplatz wird direkt neben seinem sein, falls du ihn jemals brauchen solltest. Ich wette, dass du dich an den meisten Tagen dafür entscheidest, von deiner Wohnung im Turm B über das Gelände zu diesem Gebäude A zu spazieren. Ich zeige dir, wie du bei schlechtem Wetter oder bei Dunkelheit bequem zu Fuß gehen kannst. Wir werden über den Außenweg zurückkommen."

„Werde ich vierundzwanzig Stunden am Tag in Bereitschaft sein müssen?", fragte Piper besorgt.

„Nein, du musst nur von acht bis fünf arbeiten, mit einer Stunde Mittagspause. Wenn du aber früher ankommen oder später gehen willst, ist das auch möglich", antwortete Sharon sanft und drückte die T-Taste. „Wir haben ab und zu sintflutartigen Regen und einen Hauch von Schnee."

Der Aufzug öffnete sich und gab den Blick auf einen hell erleuchteten Vorraum frei, der in einen Durchgang zu ihrer Linken mündete. Sharon winkte sie in den Tunnel und ging in schnellem Tempo zum nächsten Gebäude. An den farbenfrohen Wänden hingen Bilder über die Geschichte von Edgewater Industries und die Mitarbeiter der vielen Abteilungen, die in den drei Türmen untergebracht waren. Man hatte den Eindruck, dass das Unternehmen seine Mitarbeiter sehr schätzte.

Alles entwickelte sich besser, als sie es sich erträumt hatte. Piper war froh, dass sie bequeme Schuhe trug. Der Tunnel zwischen den Gebäuden war länger, als sie erwartet hatte. Als sie von einem gewaltigen Bauwerk zum anderen ging, gewann sie einen besseren Eindruck für die Größe der Gebäude. Schließlich kamen sie an eine weitere große Öffnung. Ein gemaltes ‚B' an der Wand kündigte ihr Ziel an.

„Hier ist dein neues Zuhause. Normalerweise müsstest du den rosa Schlüssel in den Aufzug stecken und mit dem Zeigefinger auf das Lesegerät drücken. Wenn wir in deiner neuen Wohnung ankommen, registrieren wir dich im System. Diesmal nehmen wir einfach meinen Finger. Wir überprüfen noch einmal, ob alles funktioniert, bevor wir gehen", beruhigte Sharon sie.

„Danke dir. Die Sicherheitsvorkehrungen hier sind ziemlich umfangreich."

„Stimmt. Mr. Edgewater schützt seine Angestellten. Besonders in diesem Gebäude."

Bevor Piper fragen konnte, warum gerade dieses Gebäude, öffneten sich die Aufzugtüren und die Frauen traten ein. Sharon steckte den Schlüssel wieder ein und drückte den Knopf für den fünften Stock. Die Kabine bewegte sich sanft nach oben, während Piper die aufblinkenden Zahlen beobachtete.

„Da wären wir. Deine neue Wohnung ist die fünf elf. Sie ist auf der rechten Seite." Sharon ging vor.

„Ich hatte vergessen zu fragen, ob du eine möblierte oder unmöblierte Wohnung bevorzugst. Diese hier ist mit den Grundmöbeln ausgestattet. Wenn dir das nicht passt, kann ich dir eine leere Wohnung besorgen", versicherte Sharon ihr, als sie die Tür mit den vergoldeten Zahlen 511 öffnete.

„Es ist wunderschön", sagte Piper erstaunt, als sie sich in der kleinen Wohnung umsah. Der erste große Raum war offen, mit einer Küche in der einen Ecke und einem Wohnbereich in der anderen. Ein großes, gepolstertes Sofa und ein Sessel luden sie ein, sich zu setzen und zu entspannen. Die Kücheninsel trennte den Kochbereich ab und verfügte, obwohl sie klein war, zu ihrer Überraschung sogar über einen Geschirrspüler.

Ohne auf Sharon zu warten, ging Piper in den Flur. Auf der linken Seite befand sich ein Badezimmer mit einer Kombination aus Wanne und Dusche. Sie spähte hinter eine Reihe von Jalousietüren und entdeckte eine Waschmaschine, die mit einem Trockner ausgestattet war. Auf der rechten Seite befand sich das Schlafzimmer. Es hatte ein großes Bett mit einem Geländer an jeder Seite des Kopfteils, das sich in die Wand zu rollen schien. Als sie den Blick abwandte, bemerkte sie die riesige Kommode mit gepolsterter Ablagefläche und fehlendem Spiegel. Vielleicht besaß der letzte Bewohner eine zerstörungslustige Katze?

„Ich habe noch nie ein Doppelbett mit einem Geländer gesehen", überlegte Piper. Sie zog an der Stange neben dem Nachttisch. Sie glitt an der Seite des Bettes herunter. Piper schob sie zurück an die Wand, um sich Zugang zum Bett zu verschaffen.

„Ein neues Sicherheitsmerkmal", kommentierte Sharon sanft.

Piper setzte sich in den riesigen Sessel am Fenster. „Ein Schaukelstuhl. Ich werde gerne hier sitzen und lesen", erwähnte sie.

„Perfekt. Du wirst das Licht lieben, das von dieser Seite hereinströmt. Neben der Wohnung befinden sich Bürogebäude, also vergiss nicht, die Gardinen zuzuziehen", mahnte Sharon.

„Gute Erinnerung. Ich muss zugeben, dass ich von dieser Wohnung erstaunt bin. Bis vor kurzem habe ich noch auf der Farm meiner Eltern gewohnt. Das ist etwas ganz anderes." Piper bemühte sich um einen lockeren Tonfall, aber sie wusste, dass ihr Tränen in die Augen schossen, wenn sie daran dachte, dass Gabriel diejenigen, die sie liebte, als mögliche Zielscheibe im Visier hatte.

„Ich bin froh, dass du den Weg nach Edgewater gefunden hast. Vielleicht ist ein Neuanfang genau das, was du brauchst", bemerkte Sharon sanft.

„Ich danke dir. Ist es in Ordnung, wenn ich erst heute Abend meine Koffer einräume? Ich kann jetzt mit der Arbeit beginnen. Ich weiß, dass ich dich nur eine Woche hier habe", fragte Piper, die sich darauf freute, loszulegen.

„Lass uns deinen Fingerabdruck in das System der Wohnung eingeben und dann gehen wir über den Außenweg zurück zum Hauptgebäude." Sharon führte sie zu einem Tablet neben der Tür. Sie tippte ein paar seltsame Buchstabenkombinationen ein und eine grün leuchtende Fingerspitze erschien.

„Drück einen beliebigen Finger einer der beiden Hände auf das Pad. Ich empfehle immer die nicht-dominante Hand. Das ist normalerweise die Hand, mit der man etwas trägt. Auf diese Weise musst du nicht jonglieren."

Piper trat an das leuchtende Display heran und drückte ihren linken Daumen auf den Bildschirm. Sie wich zurück, als Sharon sich wieder näherte. Piper schaute der Frau über die Schulter und zuckte zusammen, als der Bildschirm rot aufleuchtete.

„Jetzt nimmst du einen Finger, der signalisieren soll, dass etwas nicht in Ordnung ist", wies Sharon sie an.

„Ist das hier eine gefährliche Gegend?", platzte es aus Piper ängstlich heraus.

„Nein. Hier ist es unglaublich sicher. Es gibt Wachen an den Eingängen und Sicherheitspatrouillen auf dem Gelände. Unsere streng geheimen Projekte erfordern verstärkte Einlasskontrollen. Noch wichtiger ist, dass Mr. Edgewater das Wohlergehen aller Mitarbeiter sicherstellen möchte. Du wirst feststellen, dass er sich um seine Angestellten kümmert. Easton wohnt selbst hier."

„Wirklich? In diesem Gebäude?"

„Nein, seine Wohnung ist an sein Büro angeschlossen, so dass er bei Bedarf leicht hin und her gehen kann. Nimm jetzt einen Finger, den du normalerweise nicht auf den Bildschirm drücken würdest", ermutigte Sharon.

Piper trat zurück vor den Bildschirm und drückte vorsichtig ihre mittlere Fingerspitze auf den Bildschirm. Als Sharon lachte, schaute sie über ihre Schulter und sah den entspannten Gesichtsausdruck der anderen Frau. „Es schien angemessen?", sagte sie achselzuckend.

„Meiner ist genau derselbe Finger. Ich denke, wir werden gut miteinander auskommen. Große Geister und so weiter! Also los. Lass uns loslegen. Du hast noch eine Menge zu lernen."

Sharon reichte ihr die Schlüssel und öffnete die Tür. Als Piper sie wieder verschlossen hatte, führte sie sie zurück zum Aufzug. Sobald sie den Aufzug erreichten, kam eine mollige Blondine durch eine nahe gelegene Tür mit der Aufschrift TREPPE.

„Hallo, Regina. Das ist Piper. Sie zieht nach der Arbeit hier ein."

„Hi, Piper. Herzlich willkommen! Ich wohne in fünfhundertdreiundzwanzig, wenn du etwas brauchst oder einfach nur plaudern willst. Hier sind alle superfreundlich. Ich gehe jetzt etwas für Mr. Walker abholen, das ich in meiner Wohnung vergessen habe. Klopf an, wenn du Hilfe brauchst, um die Sachen nach oben zu bringen.

Ich versuche, ein paar Kilo zu verlieren." Regina wies auf die Treppe.

„Ich könnte auch etwas Bewegung gebrauchen", lachte Piper. „Aber erst nachdem ich alles nach oben geschleppt habe."

„Guter Plan!" Mit einem Winken eilte Regina den Korridor hinunter.

Piper schmunzelte, weil sie sich sicher war, dass sie zumindest eine freundliche Person auf der Etage haben würde. Es hatte ihr auch gefallen, Sharon lächeln zu sehen. Es schien, als hätte sie auch eine außerberufliche Seite.

Als sie dieses Mal mit dem Aufzug in die Lobby fuhren, ließ Sharon sie üben, ihren Fingerabdruck und ihren Schlüssel zu benutzen, um sicherzugehen, dass alles funktionierte. Wie von Zauberhand öffneten sich die Türen, als sie ihre Fingerspitze auf den Bildschirm drückte. Sharon winkte sie durch die Lobby und blieb stehen, um sie dem Wachmann vorzustellen, der im großen Empfangsbereich direkt vor den Türen saß.

„Piper, du hast Glück. Du darfst unseren Sicherheitschef kennen lernen. Das ist Knox Miller", sagte Sharon und lächelte den riesigen Mann hinter dem Tresen an.

„Hey, Piper!" Seine Stimme war tief und rau, die perfekte Ergänzung zu dem muskulösen Mann. Er drückte ein paar Tasten auf dem Computer und sah sie an. „Du wohnst in Apartment fünf elf und arbeitest für Mr. Edgewater. Kurz stillhalten für ein Foto."

Er hielt ein paar Sekunden inne, während sie seine Worte verarbeitete. Als sie automatisch für ein Foto lächelte, hob er einen kleinen Fotoapparat. „Danke dir, Piper. Ich werde deinen Ausweis erstellen und ihn nach der Arbeit hier an der Rezeption bereithalten. Wenn du etwas in deine Wohnung bringen willst, kannst du am Schalter um Hilfe bitten. Wir haben immer kräftige Jungs da, die helfen können."

„Danke, Knox. Ich weiß die Hilfe zu schätzen. Ich werde mich auf jeden Fall an den Rezeptionisten hier wenden."

„Mit Vergnügen. Das ist mein Job hier. Ich bin sicher, wir werden uns noch oft begegnen", sagte er und strich sich über seinen dichten schwarzen Bart.

Piper nickte und drehte sich zu Sharon um. Sie hatte das Gefühl, dass er alles über sie wusste. Den scharfen Augen des Sicherheitschefs würde nicht viel entgehen.

„Sollen wir die Tour fortsetzen?", fragte Piper.

„Wenn du uns entschuldigen würdest, Knox, wir machen uns auf den Weg." Sharon entfernte sich mit einem Winken.

„Aber natürlich. Bis bald, Piper."

KAPITEL 2

Piper presste ihren Finger auf das elektronische Pad des Aufzugs und drehte den Schlüssel. Sie war erschöpft. Sie musste ihr Auto auspacken und hatte jetzt schon kaum noch Energie, um nach oben zu gehen und sich zu vergewissern, dass sie tatsächlich in die schöne Wohnung kam, bevor sie zusammenbrach. Brauchte sie etwas aus dem Auto, das nicht bis morgen warten konnte? Piper fuhr sich mit der Zunge über die Zähne und wusste, dass sie ohne Zähneputzen nicht würde schlafen können.

„Piper, wir können dir beim Ausladen deines Autos helfen. Willst du uns die Schlüssel geben, dann laden wir alles aus?"

Die ihr nur entfernt bekannte Stimme ließ sie aufhorchen. Der Sicherheitsmann, Knox, stand hinter ihr. Seine Größe ließ sie an der Wand zusammenschrumpfen. Sofort trat er einen Schritt zurück. Während er den Männern hinter sich signalisierte, sich zu entfernen, ließ Knox seine offenen Hände absichtlich an seine Seiten sinken.

„Piper, ich werde dir nie etwas tun. Ich bin hier, um die bösen Jungs fernzuhalten. Ich kann sehen, dass du erschöpft bist."

„Es tut mir leid, Knox. Natürlich wirst du mir nicht wehtun. Ich würde mich über deine Hilfe freuen", sagte Piper und richtete sich auf. Sie fühlte sich furchtbar. Er hatte ihr nicht einen einzigen Grund gegeben, sich zu fürchten.

„Möchtest du dich hier hinsetzen und wir stapeln einfach alles in der Mitte des Hauptraums? Vielleicht stellen wir deinen Koffer auf das Bett?", fragte er leise.

„Das wäre toll. Ich fahre mein Auto vor. Es steht auf dem Besucherparkplatz", sagte Piper und ließ ihn die Erleichterung in ihrem Blick sehen.

„Pete ist ein guter Fahrer. Gib ihm deine Schlüssel und er wird sich darum kümmern", schlug Knox vor. Er gab einem kleineren, drahtigen Mann ein Zeichen, näher zu kommen.

Sofort kramte Piper in ihrer Handtasche nach ihren Schlüsseln. Sie reichte sie Pete und sagte: „Danke, Pete. Mein Auto ist ein beiger Geländewagen mit Nummernschild aus einem anderen Staat. Es ist vor dem Brunnen geparkt."

„Verstanden. Wir kümmern uns darum", versprach Pete mit einem Lächeln.

Knox wies auf die bequemen Sitzgelegenheiten im Empfangsbereich. Er erlaubte ihr, sich einen Platz zu suchen und setzte sich ihr gegenüber. Er zückte sein Handy und drückte ein paar Tasten auf dem Bildschirm, bevor er sie ansah. „Dein Ex-Verlobter ist Gabriel Serrano aus Argentinien. Er ist 1,80 m groß, hat schwarzes Haar und braune Augen. Er ist nicht vorbestraft. Du befürchtest, dass er dich hier finden wird."

Piper sah ihn an. Sie schloss den Mund, als sie bemerkte, dass er vor Überraschung offenstand. „Du hast Ermittlungen über mich angestellt?"

„Ich führe bei jedem Mitarbeiter eine Überprüfung durch. Die Ergebnisse der Überprüfung verbleiben bei mir in einer Akte. Ich gebe die Informationen nur weiter, wenn es für deine Sicherheit notwendig ist."

„Ich habe Angst, dass er hinter mir her ist. Sollte ich lieber gehen?"

„Nein. Meine Aufgabe ist es, für die Sicherheit aller zu sorgen. Edgewater Industries ist ein Unternehmen, das sich darauf konzentriert, einen sicheren Ort für alle zu schaffen. Dein Ex wird nicht durch unser Sicherheitsprotokoll kommen. Du musst mir Bescheid geben, wenn du von ihm hörst oder auch nur eine Vermutung hast, dass er dich hier gefunden hat", forderte Knox entschieden.

Piper nickte dem großen Mann zu und bedauerte sehr, dass sie sich vor ihm gefürchtet hatte. Dieser Mann war kein Feind. Er war ihre beste Verteidigung.

„Ich habe großes Glück, hier einen Job bekommen zu haben."

„Mr. Edgewater hätte dich nicht eingestellt, wenn er nicht wüsste, dass du perfekt für die Stelle bist", versicherte Knox.

„Danke", sagte sie und lächelte ihn zum ersten Mal an. Eine Gruppe von Leuten betrat den Turm. Einer trug einen großen braunen Plüsch-Affen. Seine Arme passten kaum um die Taille des Plüschtiers. Piper wollte unbedingt wissen, wie flauschig er war.

„Hallo, Knox!", begrüßten sie den großen Mann.

„Hallo, Littles. Das ist Piper. Sie zieht in den fünften Stock ein. Stellt euch vor", wies Knox sie an, als sie sich auf die umstehenden Stühle fallen ließen.

Ein Wort seiner Begrüßung blieb in ihrem Kopf hängen. Littles? Die einzige ihr bekannte Definition für das Wort, das er gerade genannt hatte, war die aus ihren Büchern. Diese E-Books, die sie auf ihrem Reader verschlang. Das konnte doch nicht das sein, wovon er sprach, oder? Sie hatte versucht, sich einzureden, dass Mr. Edgewater sie nicht wirklich als Little erkannt hatte.

Zum Glück sah es so aus, als wäre ihr schwieriges Gespräch mit Knox beendet. Piper lehnte sich entspannt gegen die gepolsterte Rückenlehne und lächelte die Neuankömmlinge an. Drei Männer kamen mit vollen Armen herein. Da sie wusste, dass sie ihre Sachen zum Aufzug trugen, rutschte Piper an den Rand des Kissens, um aufzustehen. Auf Knox' Kopfschütteln hin ließ sie sich ganz auf das Sofa zurückgleiten und entspannte sich. Sie würden es schon schaffen.

Inzwischen hatten die Neuankömmlinge alle ihre Namen aufgezählt und lächelten sie an. Schnell murmelte sie: „Hallo, alle zusammen. Es tut mir leid. Ich bin etwas durch den Wind. Könnt ihr das noch einmal machen?"

Sie lachten alle und wiederholten ihre Namen fröhlich.

„Ich bin Tess."

„Ich bin Danny und das ist Mono. Das ist Spanisch für Affe", erklärte er.

„Alan."

„Terri."

„Ich bin Yuri. Ich habe erst vor einem Monat meinen Job hier angefangen. Es ist ein toller Ort. Mach dir keine Sorgen, wenn du dich nicht an unsere Namen erinnerst. Es ist schwer, einen neuen Job anzufangen und umzuziehen. Wir werden uns mit Vergnügen wieder vorstellen", antwortete ein fröhlicher Mann.

„Danke." Piper gefiel, dass das Alter der Leute zwischen Anfang zwanzig und Mitte vierzig lag, wie sie schätzte. Alle schienen sich wie zu Hause zu fühlen. Zögernd streckte sie eine Hand aus, um Monos Fell zu berühren und hielt einen Zentimeter davor inne, um Dannys Erlaubnis einzuholen. Als er nickte, streichelte sie den Fuß des Kuscheltiers. Sie lächelte, als sie das weiche Fell spürte.

„Ich freue mich, euch alle kennenzulernen, einschließlich Señor Mono. Wo arbeitet ihr alle?"

„Gebäude A."

„Gebäude A."

„Gebäude C."

„Gebäude A."

„Gebäude C. Wo arbeitest du?"

„Gebäude A. Ich arbeite für Herrn Edgewater."

„Ich wette, er ist ein toller Chef."

„Das muss ein harter Job sein. Er ist super beschäftigt!", vermutete Alan.

„Ich muss noch eine Menge lernen", nickte Piper zustimmend.

Sie unterhielten sich angeregt und lernten sich gegenseitig kennen. Wie aus dem Nichts brachte Pete die Schlüssel zu Piper zurück. Er reichte sie ihr mit einem Lächeln.

„Alles ist ausgepackt. Ich habe dein Auto gleich links vor der Tür geparkt. Ich habe es für die Nacht verriegelt."

„Danke, Pete. Bitte richte den anderen meinen Dank aus." Piper fummelte an dem Riegel ihrer Handtasche herum, um ihre Brieftasche zu finden und den Männern Trinkgeld zu geben. Tess, die rechts von ihr saß, legte ihre Hand auf Pipers Knie und schüttelte den Kopf. Sofort hielt Piper inne.

Als Pete sich entfernte, beugte sich Tess vor und flüsterte ihr ins Ohr: „Das ist hier nicht nötig. Sie wollen sich um uns kümmern." Sie nickte zu Pete, der Alan auf die Füße zog, sich auf seinen Platz setzte und den erwachsenen Mann auf seinen Schoß setzte. Zu Pipers Überraschung schmiegte sich Alan an Pete.

„Pete ist Alans Daddy. Er würde wollen, dass sich andere um Alan kümmern, so wie er dir geholfen hat", erklärte Tess. „Hast du einen Daddy?"

„Nein", antwortete Piper, ohne vorher darüber nachzudenken, was sie damit preisgab.

„Das ist schon in Ordnung. Er wird dich finden", sagte Tess zuversichtlich.

„Die Pizza wurde gerade in die Sicherheitsunterkunft geliefert", verkündete Pete. „Sie bringen sie jetzt rüber. Wer hatte heute Abend noch nichts zu essen?"

Tess, Danny, Alan, Terri und Yuri hoben alle ihre Hände. Danny hob auch die Pfote von Mono. Sie sahen Piper an.

„Ich war noch nicht einkaufen. Ich hatte nicht erwartet, dass ich am ersten Tag einen Job, eine Wohnung und Freunde finde", gab Piper zu.

„Es wird jede Menge Pizzen geben. Bleib und iss mit uns zu Abend!" drängte Danny.

„Pizza ist mein Lieblingsessen. Wenn es euch nichts ausmacht, würde ich euch gerne Gesellschaft leisten!"

Ein muskulöser Mann in Uniform erschien und trug einen Stapel Pizzakartons und Flaschen mit gekühltem Wasser. „Mit besten Grüßen von Mr. Edgewater. Ich wette, du bist Piper", sagte er und begegnete ihrem Blick.

Als sie nickte, fuhr er fort: „Ich sollte dir eine der Käsepizzen auf dein Zimmer bringen, wenn du nicht hier gewesen wärst. Mr. Edgewater wird sich freuen zu hören, dass du dich schon gut eingelebt hast."

Mit einem Kopfnicken zu ihr und einem zur Anerkennung von Knox' Anwesenheit drehte er sich um und ging zurück zum Sicherheitsposten. In der Hektik, in der alle ihre Kisten öffneten und sich ein Stück ihrer Favoriten aussuchten, grübelte Piper darüber nach, wie Mr. Edgewater sich um sie kümmern würde. Sie hasste die Bedenken, die ihr sofort in den Kopf schossen.

„Wie hoch ist die Miete hier?", fragte sie Tess leise. Die nette Frau war bereits zu ihrer Informationsquelle geworden. Mr. Edgewater hatte ihr gesagt, dass es keine Kosten gab, aber sie wollte das bestätigt haben.

„Miete? Oh, die ist hier kostenlos. Mr. Edgewater kümmert sich um seine Angestellten", beruhigte Tess sie.

„Wirklich?"

„Wirklich. Er weiß, dass die Angestellten sich besser konzentrieren und arbeiten können, wenn sie sich keine Sorgen um die grundlegenden Dinge des Lebens wie Unterkunft und Essen machen müssen." Tess deutete mit ihrem Stück Pizza auf die Auslage vor ihnen. „Mr. Edgewater kümmert sich wirklich um jeden, der hier arbeitet."

„Dieser Ort scheint ideal zu sein. Was ist das Negative daran?" fragte Piper leise.

Danny hörte das leise Getuschel und antwortete für Tess: „Es gibt keine. Wenn du deinen Job machst, ist alles in Ordnung. Wenn du es nicht tust, macht Mr. Edgewater keine halben Sachen. Du verlierst das alles."

„Ich arbeite gerne", beeilte sich Piper zu versichern.

„Esst, ihr Kleinen", wies Knox von der anderen Seite der Runde an, als er sich ein zweites Stück Pizza nahm. „Ich werde sonst alles vertilgt haben, bevor ihr euer erstes Stück aufgegessen habt."

Eine Lachanfall wehte durch die versammelte Gruppe, während sie mampften und sich unterhielten. Es war so lange her, dass Piper mit Leuten in einer lustigen Umgebung zusammen war. Sie saugte all die fröhlichen Gespräche in sich auf und stellte fest, dass sie beim Zuhören eine Menge lernte. Bald schwanden die Stücke in den Kisten und nahmen scheinbar die Energie aller mit sich.

Pete hievte Alan auf die Beine. „Zeit fürs Bett, junger Mann. Du bist mürrisch, wenn du nicht genug Schlaf bekommst."

Alans Gesicht färbte sich unter dem hellen Neonlicht leicht rosa. Er widersprach nicht, sondern nahm Petes Hand und ging zum Aufzug, um ihn zu aktivieren.

Piper richtete sich auf. „Danke, dass ich die Pizza mit dir teilen durfte, aber vor allem danke dafür, dass du meine erste Nacht hier fast zu einer Party gemacht hast. Ich gehe jetzt in meine Wohnung und bereite alles für morgen vor. Danke, Knox, dass du das Team gebeten hast, mein Auto auszuladen."

„Du musst nur danach fragen. Wir helfen dir gern", antwortete der große Mann mit einem Lächeln.

Ein paar Minuten später öffnete Piper ihre neue Wohnungstür und trat ein, in der Erwartung, ein Chaos vorzufinden. Zu ihrer Überraschung sah die Wohnung fast noch genauso makellos aus wie bei ihrem ersten Besuch. Sie hatten ihre spärlichen Besitztümer ordentlich an der Wand der kleinen Essecke gestapelt, so dass sie nicht im Weg standen. Piper drehte sich um und schloss mit einem Seufzer der Erleichterung die Tür hinter sich.

Sie hatte nur die Dinge mitgenommen, die ihr am wichtigsten waren. Ihr Plan, erst später Haushaltsgegenstände zu besorgen, würde hier perfekt aufgehen. Piper konnte Bettwäsche und Handtücher leicht online bestellen. Familienbilder und Erinnerungsstücke an die Menschen, die ihr am nächsten waren, ruhten sicher in den wenigen Kisten, die in ihr Auto gepasst hatten. Piper fuhr mit der Hand über die Kiste mit der Aufschrift ‚Familienbilder‘.

Als ihr klar wurde, dass sie ihre Eltern nicht auf dem Laufenden gehalten hatte, holte Piper ihr Handy heraus und schickte ihnen eine Nachricht. *Ich habe es geschafft, Leute. Ich habe den Job und eine Wohnung auf dem Gelände. Super sicher hier.*

Erschöpft ging Piper ins Schlafzimmer, um herauszufinden, was sie noch tun musste, bevor sie ins Bett fiel. Zu ihrer Überraschung erhellte eine Lampe auf dem Nachttisch sanft den schönen Raum. Der weiche Lichtschein fiel auf die knackigen Laken, die jemand einladend aufgeschlagen hatte. Mit einem genüsslichen Stöhnen fuhr Piper mit ihrer Hand über die weiche Bettwäsche.

Sie wandte sich ihrem Koffer zu, der auf der Kommode stand und öffnete schnell den Reißverschluss. Piper hob einen geliebten Teddybären aus seinem Bett aus Kleidung und umarmte ihren besten Freund auf der Welt. „Ich glaube, wir sind hier sicher, Stanley. Kein Verstecken in Koffern mehr", versprach sie.

Als Stanley erleichtert schien, setzte Piper ihn sanft auf das Kissen.

Sie nahm die beiden eleganteren Outfits heraus und hängte sie in den Schrank, damit sich die paar Falten über Nacht glätten konnten. Piper schnappte sich ihr Nachthemd und ging ins Bad, in der Hoffnung, dass die freundlichen Leute, die ihr das Bett gemacht hatten, auch ein Handtuch und Seife dagelassen hatten. Zu ihrer Freude war das Bad komplett eingerichtet. Ein kurzer Blick in den Schrank offenbarte einen Stapel Handtücher und Waschlappen sowie Shampoo, Deodorant, Seife und sogar Toilettenpapier.

Piper bedankte sich im Geiste bei ihrer guten Fee oder wer auch immer so fürsorglich war und zog sich schnell aus. Sie verstaute ihre Kleidung ordentlich im Wäschekorb, bevor sie sehnsüchtig auf die große Badewanne blickte. Die würde noch einen Tag warten müssen. Piper duschte schnell und zog sich ihr Nachthemd an. Sie fühlte sich fast wie ein Mensch, als sie alle Lichter außer dem im Bad ausschaltete. Der Schein, der vom Flur ausging, glich die pechschwarze Dunkelheit aus.

Sie konnte dem Zwang zur Kontrolle nicht widerstehen und warf einen Blick auf die Haustür, um sich zu vergewissern, dass die Kette an ihrem Platz war. Nachdem sie ihr Handy eingesteckt und den Wecker gestellt hatte, schlüpfte Piper unter die Decke und zog Stanley an sich. Augenblicklich fiel sie in den ersten tiefen Schlaf seit dem Einbruch auf der Farm.

KAPITEL 3

Mechanisches Piepen riss Piper aus einem schlechten Traum. Wie ein Schweizer Taschenmesser klappte sie in eine sitzende Position in der Mitte des Bettes, während sie sich schwer atmend umsah. Das ungewohnte Schlafzimmer machte sie noch verzweifelter. Piper drückte Stanley an ihre Brust und zwang sich, ihre Atmung zu beruhigen und ihr rasend schnell schlagendes Herz zu beruhigen.

„Ich bin in Sicherheit. Er kann mich nicht kriegen. Ich bin in Sicherheit." Sie wiederholte die Worte, die in den letzten Tagen zu ihrem Mantra geworden waren.

Schließlich spürte Piper, wie sich ihr Herzschlag verlangsamte. Als sie auf die Uhr sah, küsste sie sanft Stanleys Kopf und legte ihn auf das Kissen. Sie schob sich aus dem Bett und legte ihm die Decke um die Schultern. „So. Du ruhst dich von der Reise aus, während ich unterwegs bin, Stanley."

Sie eilte ins Bad, machte sich frisch und verwandelte sich wieder in die adrette Verwaltungsassistentin. Piper wählte die am wenigsten zerknitterten, am Kleiderbügel hängenden Büroklamotten aus und zog sich an. Ein kurzer Blick in den Spiegel vergewisserte sie, dass Mr. Edgewater ihre morgendliche Panikattacke nicht bemerken würde.

Piper schnappte sich ihre Schlüssel und ihr Telefon und zögerte, als ihr Magen knurrte. Aus einem Instinkt heraus betrat sie die kleine Küchenzeile und öffnete den Kühlschrank. Eine Vielzahl von Grundnahrungsmitteln sowie frisches Obst und Gemüse begrüßten sie. Piper öffnete die Schublade und wählte einen leuchtend roten Apfel aus. Sie wusch ihn schnell und nahm einen Bissen.

„Mmm." Sie brummte in Anerkennung der knackigen Frucht. Mit einem Lächeln verließ Piper die Wohnung und machte sich auf den Weg zum Aufzug. Fröhliche Menschen empfingen sie, als sie die Eingangshalle durchquerte und den äußeren Weg zu Gebäude A einschlug.

Es war ein herrlicher Tag. Wunderschöne Blumen säumten den Weg, ihr Duft umgab sie. Piper hielt inne, um tief einzuatmen und ihn zu genießen, bevor sie ihr Kinn in das Morgenlicht hob. Der Sonnenschein fühlte sich gut auf ihrem Gesicht an. Der Stress der letzten Tage schien in dieser schönen Oase zu verschwinden. Lächelnd biss sie in ihren knackigen Apfel und setzte ihren Weg fort, begierig darauf, den Tag zu beginnen.

Ein paar Minuten später trat sie aus dem Privataufzug und fand Sharon, die ihre Handtasche in der Schreibtischschublade verstaute. „Guten Morgen", rief Piper fröhlich. Sie hatte es genossen, gestern so eng mit Sharon zusammenzuarbeiten. Die erfahrene Sachbearbeiterin hatte ihr unzählige Tipps aus ihrer langjährigen Erfahrung gegeben. „Ich werfe den hier nur kurz in den Müll und wasche mir die Hände."

„Guten Morgen, Piper. Eine Frühaufsteherin wie ich selbst. Wenn du willst, kannst du dir auf dem Rückweg noch einen Kaffee holen", schlug Sharon vor.

„Danke", antwortete Piper mit einem Lächeln. Schnell entledigte sie sich des Apfelkerngehäuses und wusch sich den klebrigen Saft von den Händen. Auf ihrer Erkundungstour fand sie eine Reihe von Kaffeekapseln und füllte den Wassertank auf, bevor sie den Knopf drückte. Während sie wartete, bemerkte Piper die Wasserflaschen in dem durchsichtigen Kühlschrank und vermutete, dass auch sie zum Verzehr bereitstanden. Sie nahm ihre Tasse in die Hand und ging zurück zum großen Schreibtisch.

„Sharon, könntest du bitte Kaffee machen?" Mr. Edgewaters Stimme drang durch die offene Tür.

„Er mag ihn schwarz mit einem Tropfen Honig", informierte Sharon sie. „Warum bringst du ihn ihm nicht rein und sagst ihm guten Morgen."

Piper nickte, stellte ihre Tasse ab und beeilte sich, eine neue zu kochen. Nachdem sie einen großzügigen Spritzer des Honigbären auf dem Tresen hinzugefügt hatte, trug sie ihn vorsichtig in das Büro ihres neuen Chefs. Sie zögerte, als sie die hell erleuchteten Bildschirme sah, auf denen ein halbes Dutzend Gesichter zu sehen waren.

„Guten Morgen, Piper", grüßte er sie, bevor er einen Finger hob, um eine kurze Pause zu signalisieren. Ohne ihre Antwort abzuwarten, drückte Mr. Edgewater einen Knopf, wandte sich von den nun abgedunkelten Bildschirmen ab und lächelte sie an.

„Verzeihen Sie die Störung. Hier ist Ihr Kaffee, Sir." Piper stellte die warme Kaffeetasse auf die Ecke seines Schreibtischs.

„Ich bin froh, Sie zu sehen. Ich hoffe, Sie haben gut geschlafen."

„Das habe ich. Ich danke Ihnen."

Die beiden sahen sich ein paar Sekunden lang an, bevor Piper sich beeilte, die Stille zu füllen. „Danke für die Pizza-Party gestern Abend. Es hat mir Spaß gemacht, ein paar der anderen Angestellten, die im Turm B wohnen, kennenzulernen."

„War mir ein Vergnügen. Es freut mich, dass Sie Freunde finden und sich einleben. Ich muss zurück zu meinem Meeting, aber ich wollte Sie fragen, ob Sie heute mit mir zu Mittag essen würden. Ich würde Sie gerne besser kennen lernen", bat er.

„Das würde ich gerne."

„Die Wahrheit. Das freut mich."

Eastons Lächeln erwärmte sie. Sie hatte das Gefühl, dass sie bereits eine Verbindung zueinander hatten. Piper riss sich zusammen und fragte: „Soll ich Sharon auch Bescheid geben?"

„Nein, Sharon hat heute schon etwas mit ihrem Mann vor. Sie arbeitet heute nur einen halben Tag."

„Dann sollte ich wohl besser gehen und eine Menge Fragen stellen", sagte Piper lächelnd und verließ das Büro.

„Schließen Sie die Tür, Piper. Wir essen um eins zu Mittag."

Als sie aus dem Raum trat und die große Holztür zuzog, sah Piper, wie die Bildschirme wieder aufleuchteten. Mr. Edgewater nahm das Gespräch wieder auf. Als die Tür zuschlug, lächelte sie vor sich hin. Piper war sich sicher, dass er nur nett war, um sie zum Mittagessen einzuladen, aber es bedeutete ihr viel, dass er sie besser kennenlernen wollte.

Als sie an den Schreibtisch zurückkehrte, fand sie Sharon vor, die sich darauf vorbereitet hatte, die Tabellenkalkulationen zu erklären, die sie gestern Abend hinterlassen hatten. „Okay, bevor wir mit neuen Informationen beginnen, kann ich noch einmal durchgehen, worüber wir gestern bezüglich dieser Unterlagen gesprochen haben?"

„Gute Idee. Stell mir alle Fragen, die du hast", schlug Sharon vor.

Piper blätterte eine Seite auf dem gelben Block zurück, den sie für ihre Notizen benutzt hatte. Als sie die letzten Informationen durchging, hielt sie inne. „Ich weiß, dass ich das der Buchhaltung vorlegen muss. Habe ich einen Ansprechpartner in der Buchhaltung, der diese Unterlagen entgegennimmt?"

„Auf jeden Fall, sein Name ist Barry Mattson. Ich habe die technische Abteilung gebeten, einen Laptop für dich bereitzustellen." Sharon griff in den Schreibtisch und holte ein schlankes Gerät heraus. „Wir melden dich an und dann kannst du alle deine Kontakte speichern."

Die beiden Frauen stürzten sich wieder in ihr Programm. Piper machte sich weiterhin sorgfältig Notizen, während sie versuchte, alle Informationen, die Sharon ihr erklärte, aufzunehmen. Nach zwei Stunden war ihr der Kopf schwindelig. Als jemand laut an die offene Tür klopfte, schaute sie erleichtert auf, dass sie unterbrochen wurden.

„Sharon, ich muss sofort mit Easton sprechen." Die schroffe Frau ging schnurstracks zu seiner geschlossenen Bürotür.

Sharon machte Piper auf einen Knopf an der Ecke des großen Schreibtisches aufmerksam. Sie drückte ihn schnell und begrüßte die Angestellte: „Hallo, Ms. Rivers. Leider ist Mr. Edgewater in einer Besprechung, die den ganzen Vormittag dauern wird."

Die Frau prüfte den Türknauf und stellte fest, dass die Tür verschlossen war. „Es ist wichtig, Sharon. Ich muss sofort mit Easton sprechen."

„Ich verstehe. Ich kann mich nur an seine Anweisungen halten. Ich weiß, dass er Mitteilungen liest. Haben Sie versucht, ihm eine E-Mail zu schicken?"

„Ja, natürlich. Er antwortet nicht."

„Das wird er. Geben Sie ihm etwas Zeit", schlug Sharon vor.

„Wenn er wieder auftaucht, bitten Sie ihn, mich zu kontaktieren."

„Wird gemacht", antwortete Sharon fröhlich.

Als die Frau aus dem Zimmer eilte, erzählte Sharon: „Das ist Elaine Rivers. Sie ist Eastons Stellvertreterin und hat einen absolut brillanten Geschäftssinn."

Piper fügte dies mit einer kurzen Notiz zu ihrer Kontaktliste hinzu. „Niemand unterbricht Mr. Edgewater?"

„Wenn seine Tür geschlossen ist, darf man ihn nicht stören, es sei denn, es liegt ein Notfall vor, so etwas wie eine totale Evakuierung des Gebäudes", fügte sie zur Klarstellung hinzu. „Wenn seine Tür offen ist, ist es in Ordnung, ihn zu informieren und ihm den Namen des Besuchers zu nennen. Ich schicke ihm normalerweise eine Nachricht."

„Und du kannst seine Tür abschließen, um die hartnäckigsten Besucher fernzuhalten?" fragte Piper und lehnte sich an die Ecke des Schreibtisches, um zu sehen, dass es dort zwei Knöpfe gab. „Wofür ist der zweite?"

„Der ruft die Sicherheitsleute. Ich habe ihn noch nie benutzt. Niemand kommt durch das Sicherheitstor am Eingang. Das ist ein besonderer Schutz für sein Büro. Mr. Edgewater hat es eingebaut, damit ich sicher bin. Gehen wir eine Weile aus dem Büro raus. Wir werden ein paar andere Abteilungen besuchen, damit ich dir die Leute vorstellen kann, über die wir in diesen Schlüsselpositionen gesprochen haben."

Sharon führte Piper durch die wichtigsten Büros in Gebäude A. Piper machte sich sorgfältig Notizen und stellte fest, dass Sharon nicht immer die Leute besuchte, deren Namen in großen Buchstaben an der Tür standen. Die Verwaltungsassistentin hatte offensichtlich ihre eigene Liste der wichtigsten Mitarbeiter erstellt. Sie besuchten mehrere Stockwerke, was Piper die Gelegenheit gab, sich ebenfalls umzusehen. Zu ihrer Freude traf sie auf Tess und Alan. Sie begrüßten sie mit Umarmungen und schienen sich wirklich zu freuen, sie zu sehen.

„Bereit für Gebäude C?", fragte Sharon mit einem Lächeln.

„Sicher. Gibt es denn nichts Wichtiges im Gebäude B?"

„Die wichtigsten Leute sind im B-Gebäude", erzählte Sharon. „Die Sicherheitsbüros sind auch dort, und Knox hast du ja schon kennengelernt. Seine Abteilung besteht nur aus Daddies. Das gehört einfach dazu, denke ich."

„Mein Ex-Verlobter war auch ein Daddy", platzte Piper heraus, nicht gerade beruhigt von Sharons Worten.

„Ich würde vermuten, dass der Mann, vor dem du so klug warst, weit wegzulaufen, den Titel Daddy benutzt hat, um sein sehr undaddyhaftes Verhalten zu verschleiern."

„Gibt es hier wirklich so viele Daddys und Littles?", fragte Piper, als sie durch das helle Sonnenlicht zum hinteren Gebäude gingen.

„Ja."

„Darf ich dich etwas Persönliches fragen? Du kannst auch gern ‚Nein' sagen", beeilte sich Piper hinzuzufügen.

„Nur zu, frag. Ich behalte mir das Recht vor, nicht zu antworten, wenn ich es nicht möchte", antwortete Sharon.

„Das ist fair. Bist du eine Little?"

„Vor zehn Jahren hätte ich mit Ja geantwortet. Und dann auch noch ein bockiger Little!" Sharon lachte. „Das Leben hat eine Art, die Dinge durcheinander zu bringen. Mein Mann leidet an früh einsetzender Demenz. Unsere Rollen haben sich umgekehrt."

„Das tut mir leid. Das war eine sehr persönliche Frage", beeilte sich Piper zu entschuldigen.

„Ist schon gut. Du bist hier schon vielen Littles begegnet. Es ist nur natürlich, dass du die Rollen hinterfragst, die andere in ihrem Leben spielen. Edgewater Industries ist ein sehr integratives Unternehmen. Jeder Mitarbeiter wird ermutigt, sein bestes Leben zu leben - was auch immer dieses Leben mit sich bringt. Die Littles werden hier am meisten geschätzt."

„Weil Mr. Edgewater nach seiner Little Ausschau hält?", fragte Piper.

„Nein. Weil Littles einen besonderen Platz in seinem Herzen haben."

Als sie das Gebäude C betraten, wurde ihr Gespräch unterbrochen. Piper sah sich um und bemerkte, dass auch dieser Turm seine eigene Atmosphäre hatte, die sich von der Firmenatmosphäre in A und der heimeligen Atmosphäre in B unterschied. Es gab weniger Glanz und Glamour und mehr ruhiges Fachwissen. Die eigentliche Arbeit schien hier stattzufinden.

Sie folgte Sharon zum Schalter und meldete sich mit ihrem neuen Ausweis an. Der Sicherheitsbeamte scannte den Strichcode auf der Rückseite und gab ihn zurück.

„Welche Etage besuchen Sie heute, meine Damen?", fragte er.

„Wir wollen in den dritten und vierten Stock", antwortete Sharon.

Der Wachmann drückte ein paar Knöpfe und gab sein Okay. „Aufzug 4 wird Sie in den dritten Stock bringen. Bitte benutzen Sie ihn, um in den vierten Stock zu gelangen und in die Lobby zurückzukehren."

Als sie zu der Aufzugsreihe gingen, war nur einer beleuchtet. Die Türen schoben sich auf, als sie sich näherten. Die anderen saßen still und schweigend. Drinnen leuchteten zwei Zahlen auf der Tafel. Offensichtlich hatte der Wachmann ihnen nur Zugang zu den von Sharon gewünschten Stockwerken gewährt. Der Zugang zu den anderen Bereichen war versperrt.

Sharon sagte nichts, bis sich die Tür schloss. „Als Mr. Edgewaters Verwaltungsangestellte hast du Zugang zu fast allen Bereichen in allen drei Gebäuden. Ich habe mich hier entschieden, nur den dritten und vierten Stock zu besuchen. In den anderen Stockwerken laufen streng geheime Projekte und andere sensible Vorgänge. Im dritten Stock befindet sich die Buchhaltung und im vierten Stock die Technik."

„Das hört sich nach Abteilungen an, in denen sich ein guter Kontakt lohnt", stimmte Piper mit einem Nicken zu.

„Die Technik wird sich an dich wenden, wenn es ein Problem mit einem Computer oder der Funktion der Kommunikationsmittel gibt, die Mr. Edgewater regelmäßig benutzt."

„Oh, wie die Wand aus Bildschirmen, die ich vorhin gesehen habe", warf Piper ein.

„Ganz genau. Es gibt Zeiten, in denen es von Vorteil ist, einen Freund im Technikzentrum zu haben. Ich werde dir zuerst Belinda vorstellen. Sie ist unheimlich klug und gleichermaßen sympathisch", sagte Sharon.

Schnell notierte Piper ihren Namen in ihrem Notizbuch. Sie würde ihre Notizen ordnen müssen, um sie effizient zu nutzen. Piper beschloss, dass heute Abend ein guter Zeitpunkt wäre, um diesen Prozess in Gang zu setzen. *Weiß Gott, ich habe sonst nichts Besseres zu tun.*

Als sich die Aufzugstür öffnete, führte Sharon sie durch einen gefliesten Flur in einen offenen Bereich mit Arbeitskabinen. Sie gingen an Reihen von Technik-Fachleuten vorbei, die mit eingesteckten Kopfhörern auf mehrere Bildschirme vor sich starrten. Hier und da unterhielten sich ein paar Leute leise am Telefon und führten die Anrufer durch die Protokolle der Beratungsstelle. Piper war froh, dass sie nicht mehr an einem Schreibtisch im Assistentenpool der Verwaltung saß.

„Belinda sitzt in der hintersten Ecke. Ich habe sie vor ein paar Jahren bei einer Veranstaltung des Unternehmens kennengelernt. Sie hat sich hochgearbeitet und könnte ihr eigenes Büro haben, aber sie zieht es vor, mit den anderen zusammen zu sein." Sharon drehte sich am Ende der Reihe um und betrat einen großen Würfel mit einer umwerfenden Blondine, die stirnrunzelnd auf ein Dokument auf dem Bildschirm blickte.

In der Erwartung, dass Belinda den Trubel um sie herum ebenfalls ausblenden würde, murmelte Piper: „Sieht aus, als kämen wir zur falschen Zeit."

Zu ihrer Überraschung blickte die Frau sofort mit einem Lächeln auf. „Ihr kommt gerade zur rechten Zeit. Ich habe lange genug Grimassen über diesem Bericht gezogen. Hallo, Sharon!" Sie stand auf, um den beiden die Hand zu geben.

„Ich wette, du bist Piper. Ich gebe zu, ich bin neugierig, dich kennenzulernen. Sharon ist hier eine Legende. Ich könnte mir nicht vorstellen, in ihre Fußstapfen zu treten."

„Piper wird sich hier nahtlos einfügen", versicherte Sharon Belinda sanft.

„Hey, Belinda. Ich gebe zu, dass ich ein bisschen eingeschüchtert bin, aber ich bin entschlossen, gute Arbeit zu leisten. Es ist schön, wenn man sich auf eine Expertin verlassen kann." Piper lächelte die freundliche Frau an.

„Belinda ist eine großartige Ressource, wenn es darum geht, den Prozess für technische Anfragen und Bedürfnisse zu beschleunigen. Ich habe sie wegen deines Computers kontaktiert und er war in weniger als einer Stunde da", erzählte Sharon ihr.

„Es gibt keinen Grund, einen Computer im Regal stehen zu lassen, wenn jemand arbeiten muss.

Belinda wies ihre prompte Antwort zurück. „Ich gebe dir meine Handynummer. Dann kannst du mich jederzeit anrufen, wenn du mich brauchst. Ich warne dich vor, ich antworte vielleicht nicht sofort, aber ich werde mich bei dir melden."

„Natürlich. Ich danke dir." Piper zückte ihr Handy und erstarrte.

Wohin bist du gelaufen, Kleines? Ich werde dich finden!

Piper versuchte, ihren Schreck zu verbergen und wischte mit dem Finger über das Display, um die Nachricht zu ignorieren. Sie rief ihre Kontakte auf und gab Belindas Namen ein. „Ich bin bereit", verkündete sie.

Schnell las Belinda ihre Telefonnummer vor. Piper gab sie ein und speicherte sie, bevor sie sie wählte. „Jetzt hast du auch meine Nummer. Wenn ich mich revanchieren und dir helfen kann, gib mir Bescheid."

„Danke, Piper." Belinda zögerte, bevor sie fragte: „Geht es dir gut? Die ganze Farbe ist gerade aus deinem Gesicht gewichen."

„Mir geht es gut. Aber danke, dass du dich um mich sorgst", lächelte Piper, während sie versuchte, ihre Reaktion zu verbergen.

„Wir werden dich nicht länger aufhalten, Belinda. Danke, dass du dich mit uns getroffen hast. Ich werde es vermissen, mit dir zu plaudern." Sharon lächelte ihre Gesprächspartnerin an.

„Komm wieder und besuch uns. Ich würde gerne in Kontakt bleiben."

Sharon nickte und geleitete Piper aus der Kabine. „Noch eine

Person, dann sind wir pünktlich zu deinem Mittagessen mit Mr. Edgewater fertig."

Als sie den vierten Aufzug erreichten, öffnete sich dieser erneut für sie. Auf der Anzeigetafel leuchtete Stockwerk drei auf. Sharon drückte den Knopf und setzte die Kabine in Bewegung.

„Ich möchte, dass du Knox diese Nachricht zeigst", sagte sie leise.

Piper sah sie erstaunt an. „Warum sollte ich das tun?"

„Knox ist der Sicherheitschef. Du solltest ihn jedes Mal auf den neuesten Stand bringen, wenn dein Ex-Verlobter dich kontaktiert."

„Ich möchte meine persönlichen Probleme nicht mit zur Arbeit bringen."

„Du bist jetzt Teil der Edgewater-Familie und wohnst hier auf dem Gelände, Piper. Du willst doch niemanden gefährden", versicherte Sharon ihr leise, als sie auf den dicken Teppich des nächsten Stockwerks traten. „Knox muss es wissen."

Piper nickte, bevor sie Sharon in den Flur folgte. So hatte sie das noch gar nicht gesehen. Ihre Gedanken schossen ihr durch den Kopf. Es war wichtig, alle zu schützen. Sie glaubte nicht, dass Gabriel noch jemandem etwas antun würde. Ehrlich gesagt hatte sie gehofft, dass er sie jetzt in Ruhe lassen würde, da er sie für seine hinterhältigen Handlungen in ihrer letzten Firma nicht mehr gebrauchen konnte. Gedankenverloren stieß sie fast mit Sharon zusammen, als diese abrupt stehen blieb.

„Hallo, Barry! Lass mich dir Mr. Edgewaters neue Verwaltungsangestellte vorstellen. Das ist Piper Townie."

„Du hast deinen Ersatz gefunden, was?", sagte der ältere Mann mit einem Lächeln. „Freut mich, dich kennenzulernen, Piper."

„Barry arbeitet seit Ewigkeiten bei Edgewater Industries", erklärte sie Piper, bevor sie sich wieder Barry zuwandte und mit ihm plauderte.

„Ich glaube, ich bin nur drei Monate länger dabei als du", sagte Sharon und lachte.

„Zweieinhalb", sagte er mit einem ernsten Gesichtsausdruck, der in ein erwiderndes Lachen überging, als ob er nicht lange genug ein ernstes Gesicht machen konnte. „Wenn du gehst, wird nur noch Mr. Edgewater länger in der Firma gearbeitet haben als ich."

„Barry sieht harmlos aus, aber er ist der Pförtner für alle Gelder der Firma. Nichts wird ohne seine Zustimmung ausgegeben", vertraute Sharon Piper an.

„Ich habe gelernt, dass wir eine Menge Geld für dummes Zeug verschwenden. Ich bin froh, die Straßensperre für all die wertlosen Dinge zu sein", erklärte Barry. „Mr. Edgewater verlässt sich auf mich."

„Klingt, als hätte er Glück, dass Sie hier sind", kommentierte Piper erstaunt. Es gab nicht viele Menschen, die sich so für den Erfolg ihrer Firma einsetzten.

„Oh, ich bekomme meine Entlohnung. Mr. Edgewater ist ein kluger Mann. Vor vielen Jahren habe ich ein Geschenk von ihm bekommen und besitze einen kleinen Anteil an der Firma. Indem ich ihm Geld spare, verdiene ich selbst Geld."

„Lass dich nicht von ihm täuschen, Piper. In diesem Gehirn steckt das Werk eines genialen Buchhalters", sagte Sharon.

„Ich verlasse mich auf Sharons Wissen, wenn ich mit Mr. Edge-water arbeite. Ich hoffe, ich kann dich auch um deine Meinung bitten", fragte er Piper.

„Ich werde sicher nicht so viel wissen wie Sharon, aber ich werde dir immer meine Eindrücke schildern", versprach Piper.

„Das ist alles, was ich verlangen kann. Ich danke dir, Piper. Ich bin froh, dass wir uns getroffen haben."

„Mach's gut, alter Freund. Wir sehen uns bestimmt bald wieder", versicherte Sharon ihrem langjährigen Kollegen.

„Alles Gute für dich. Komm wieder, wenn es an der Zeit ist."

Pipers Blick sprang zu Sharons Gesicht und versuchte, ihren Ausdruck zu lesen. Hatte Easton sie nur für kurze Zeit angestellt? Leise folgte sie der Frau, die sie ausbilden sollte. Als sie wieder im Aufzug waren, betrachtete Piper den Monitor und wusste nicht, was sie sagen sollte.

„Ich werde nicht in meine Position als Eastons Administratorin zurückkehren. Dieser Posten gehört jetzt dir", sagte Sharon leise und zog damit sofort Pipers Blick auf sich.

„Ich bin sicher, er würde dich zurückhaben wollen. Du bist schon ewig mit ihm zusammen." Piper sprach die Sorge aus, die ihr durch den Kopf ging.

„Easton hat eine andere Stelle für mich im Sinn. Die nehme ich an, wenn es so weit ist. Ich habe dich nicht ohne Grund als meine ständige Vertretung ausgewählt. Du wirst es verstehen, wenn du dich an deine neue Aufgabe gewöhnt hast."

Piper nickte, während sie darum rang, zu verstehen. Die beiden Frauen gingen durch das schöne Sonnenlicht zurück zum Gebäude A und zu Pipers Mittagessen mit ihrem neuen Chef. Mit jedem Schritt wuchs ihre Nervosität. Schon dieser Morgen war nicht so verlaufen, wie sie es geplant hatte. Zwischen Gabriels Nachricht und dem Schock, dass Sharon vorhatte, irgendwann zurückzukehren, hatte Piper das Gefühl, dass der Boden unter ihr von Erdrutschen heimgesucht wurde. Ihr Vertrauen in ihren neuen Job und ihr neues Zuhause schwankte.

Sharon blieb stehen und legte ihre Hand sanft auf Pipers Arm. „Wahrhaftig. Dein Job gehört dir. Ich habe alles für Easton getan, was ich als seine Verwalterin tun konnte. Es ist an der Zeit für mich, weiterzuziehen."

Piper atmete hörbar aus und spürte, wie sich ihre Schultern entspannten. Sie nickte der anderen Frau zu. „Danke. Ich sollte mich hier nicht schon so eingelebt fühlen, aber ich will in diesem Job wirklich gut sein."

„Komm. Ich bringe dich zum Mittagessen. Du musst dich mit deinem neuen Chef vertraut machen, um effizient mit ihm zusammenzuarbeiten. Das beginnt damit, dass ihr Zeit miteinander verbringt."

KAPITEL 4

Die beiden liefen schnell über den Rasen. Jeder winkte ihnen zu und rief ihnen einen guten Morgen zu. Piper war erstaunt über die Atmosphäre, die Easton hier geschaffen hatte.

„Welche Fehler hat Easton denn? Zerquetscht er Spinnen auf die grausamste Art und Weise, die es gibt?" platzte Piper heraus. Dann spürte sie, wie sich ihr Gesicht erhitzte, als Sharon sie mit einem Ausdruck völliger Verwirrung ansah.

„Entschuldigung! Das kam aus heiterem Himmel." Piper winkte auf dem Gelände herum. „Es ist nur so, dass mir das alles zu idyllisch vorkommt. Wie kann ein einziger Mann das alles erschaffen?"

Sofort musste Sharon lachen. „Oh, Easton hatte etwas Hilfe. Er ist brillant darin, die besten Leute für eine Aufgabe zu finden und sie dann in Ruhe das tun zu lassen, was sie am besten können. Du wirst sehen, dass er auch nur ein Mensch ist und seine eigenen Fehler hat. Du wirst sie entdecken, während er die deinen herausfindet."

„Willst du mich nicht einweihen, um mir etwas Zeit zu sparen?", schlug Piper lachend vor, als sie in den Aufzug stiegen.

„Auf keinen Fall. Da bist du auf dich allein gestellt."

Ihre Freundschaft war besiegelt und die beiden Frauen lachten immer noch, als sie Eastons Büro erreichten. Beide müssen schuldbewusst geschaut haben, als sie ihren Chef entdeckten, der am Schreibtisch der Verwaltung lehnte und auf sie wartete.

„Die Frage, über wen Sie lachen, erübrigt sich", sagte er mit einem Grinsen. Piper stotterte und versuchte, einen Weg zu finden, ihren neuen Chef nicht zu beleidigen. „Los, Frau Komödiantin. Ich bin hungrig." Genauso selbstverständlich wie er die Heiterkeit der beiden Frauen akzeptiert hatte, nahm Easton ihre Hand und zog sie zurück in den Aufzug. Bevor Piper verarbeiten konnte, dass ihr Chef ihre Hand hielt, ließ er sie los und drückte einen Knopf an der Schalttafel.

„Dürfen Sie irgendetwas nicht essen?", fragte er beiläufig.

Zu ihrem Entsetzen brach Piper in Tränen aus, als ihr Gabriels Strafmaßnahme nach dem Verzehr der Meeresfrüchte in den Sinn kam. Sie bedeckte ihr Gesicht mit ihren Händen und kauerte sich in die hinterste Ecke, während sie sich selbst ermahnte, sich zusammenzureißen. *Sei professionell!*

Ein lautes Summen ließ sie überrascht aufblicken. Easton bewegte sich von der Fahrstuhltafel weg und ließ sich an der Wand nieder, bevor er sein Taschentuch aus der Jackentasche zog. „Oh, Kleines. Es tut mir so leid, dass ich Sie an etwas Schmerzhaftes erinnert habe. Ich würde Sie ja umarmen, aber ich denke, Sie sollten wissen, dass Sie das Recht haben, sich selbst Grenzen zu setzen."

Sie blinzelte ihn an. Daddys sollten doch die Regeln aufstellen, oder? Littles haben nichts zu entscheiden.

„Hier. Nehmen Sie das. Wischen Sie sich das Gesicht ab und putzen Sie sich die Nase. Hier sind Sie sicher. Ich habe den Aufzug angehalten, um uns etwas Zeit zu geben." Easton reichte ihr das weiche weiße Tuch, bevor er sich vorsichtig auf dem Boden niederließ. An die Wand gelehnt, ließ er ihr Raum, wich aber nicht von ihr zurück. Sie war sein Mittelpunkt. „Setzen Sie sich hin. Wir warten, bis Sie bereit sind, mir alles zu sagen, was ich wissen muss."

„Es tut mir leid", flüsterte sie, während sie sich in ihrem schmalen Rock unbeholfen hinsetzte.

„Wir haben alle unsere Kratzer von beschissenen Leuten in unserem Leben abbekommen. Ich werde Sie nie dafür verurteilen, dass Sie eine Vergangenheit haben oder Gefühle zeigen. Ich bin auch nur ein Mensch."

„Sie sind noch nie wegen eines Mittagessens in Tränen ausgebrochen", mutmaßte sie, während sie versuchte, ihre Gefühle unter Kontrolle zu bringen.

„Stimmt. Normalerweise lasse ich Menschen nicht so nah an mich heran. Eine meiner Schwächen."

Sie starrte ihn völlig überrascht an. „Sie scheinen supernett zu sein."

„Oh, ich bin nett. Ich mag die Menschen wirklich und ich liebe dieses Unternehmen. Die Erkenntnis, dass einem im Leben niemand etwas schuldet, hat mich weit gebracht. Ich belohne diejenigen, die loyal sind", sagte er. „Ein persönliches Risiko einzugehen ist schwieriger."

„Wurden Sie verletzt?", platzte sie damit heraus, bevor ihr einfiel, dass sie ihrem neuen Chef nicht so heikle Fragen stellen sollte.

Mit einer Handbewegung signalisierte Piper, dass sie diese Frage aus der Welt schaffen wollte. „Tut mir leid."

„Erzähl mir von ihm. Vergessen Sie, dass ich Ihr Chef bin. Ich verspreche Ihnen, dass ich Ihnen nichts vorhalten werde. Was hat dieser angebliche Daddy getan?"

„Vielleicht war er gar kein angeblicher Daddy." Piper war erstaunt, dass sie sich für Gabriel einsetzte.

„Ein echter Daddy kümmert sich um sein Little, sorgt dafür, dass es sich besser fühlt."

„Ich habe mich eine Zeit lang besser gefühlt. Dann habe ich herausgefunden, dass er mich benutzt hat, um ein hinterhältiges Geschäft mit der Firma, für die ich gearbeitet habe, einzufädeln."

„Es tut mir leid, dass er so ein Arschloch war."

Mit offenem Mund sah Piper in das besorgte Gesicht von Easton. Es tat ihm aufrichtig leid, dass Gabriel sie nicht gut behandelt hatte. „Ich habe meine erste Tracht Prügel bekommen, als ich das Meeresfrüchtegericht gegessen habe, das er für mich bestellt hatte, anstatt ihm zu sagen, dass ich allergisch bin."

„Das hätte schlimm enden können. Ging's Ihnen gut?" Easton beugte sich vor.

„Ein paar Medikamente gegen die Allergie und ein Mittel gegen Juckreiz, und es ging mir gut", beeilte sie sich, ihn zu beruhigen.

„Gut." Er lehnte sich zurück und stützte seinen Rücken an der Wand ab. „Ich werde Ihnen Vorschläge machen, aber Sie dürfen sich Ihr Mittagessen selbst aussuchen."

„Sie sind nicht mein Daddy", betonte sie.

„Beziehungen brauchen Zeit, meine Kleine. Wir werden die Macken und Talente des anderen kennenlernen, um ein eingespieltes Team zu bilden. Wenn wir Glück haben und ich denke, die Chancen stehen gut, werden wir entdecken, dass wir mehr füreinander sein könnten."

Seine letzten drei Worte hallten in ihrem Kopf nach. Füreinander. Gabriel war immer derjenige gewesen, der bestimmt hatte, was passieren würde. Sie hatte gedacht, er würde sich um sie kümmern, aber es stellte sich heraus, dass er einfach nur ihren Job benutzt hatte. „Er hat mir heute eine SMS geschickt."

„Kann ich sie sehen?"

Piper nickte, öffnete ihr Handy und las seine Worte noch einmal. Sie erschauderte bei der Drohung. Piper rückte näher und reichte ihm ihr Handy. Sie sah, wie sich sein Gesicht versteifte, als er las.

„Wir werden das Knox zeigen, bevor wir zum Mittagessen gehen. Er ist noch nicht fertig. Wenn er Sie nur deshalb sein kleines Mädchen genannt hat, um Sie zu benutzen, dann ergibt diese Nachricht keinen Sinn."

Easton hielt inne, um das eine Minute lang zu bedenken. „Was aber Sinn macht, ist, dass wir das Schlimmste erwarten und froh sein können, wenn es nicht eintritt. Ich kann Ihnen versichern, dass dieser Mann kein echter Daddy ist. Er wollte Sie mit dieser Nachricht einschüchtern."

„Machen Daddys ihren Littles keine Angst?"

„Nein."

„Sie versohlen ihnen den Hintern", beharrte sie.

„Sie tun es, wenn eine Tracht Prügel wirksam ist. Vielleicht trauen Sie nie wieder einem Mann zu, Ihr Verhalten auf diese Weise zu korrigieren. Für Sie könnte das Sitzen in der Ecke, das Schreiben von Zeilen oder sogar das Verpassen einer lustigen Veranstaltung Optionen sein, die Ihnen stattdessen helfen zu lernen."

„Klingt so, als würde ich als Little eine Menge Ärger verursachen. Wahrscheinlich ist es das nicht wert."

„Wenn Sie eine Little sind, liegt das in Ihrer DNA. Sie können diesen Teil von sich nicht einfach abschalten und so tun, als wären Sie jemand anderes. Na ja, Sie können schon, aber irgendwann wachen Sie auf und bereuen, dass Sie Ihr wahres Leben nicht gelebt haben."

Er hob seine Hand, um sie zu stoppen, als sie den Mund öffnete, um zu widersprechen. „Ich sage nicht, dass Sie nicht glücklich sein könnten - nur dass Sie wissen würden, dass Sie etwas Besonderes verpasst haben."

Piper schnäuzte sich, um nachzudenken und sah ihn dann erschrocken an, als sie feststellte, dass sie gerade sein Taschentuch vollgeschnäuzt hatte. „Es tut mir so leid."

Eastons schallendes Lachen war ansteckend. Es störte ihn nicht im Geringsten. Sie konnte nicht anders, als zu kichern. Als das Lachen verstummte, brach alles über sie herein. Der Versuch, tapfer zu sein, alles zu verlassen, was sie kannte, um wegzukommen von dem Mann, den sie für die Liebe ihres Lebens gehalten hatte, der sich zu ihrem größten Fehler entpuppt hatte und die Tränen liefen ihr über die Wangen, als sie den Tiefpunkt erreichte.

„Oh, Kleines." Easton nahm sie sanft in seine Arme und drückte sie fest an sich.

Piper verbarg ihr Gesicht in seinem frischen Hemd und klammerte sich an ihn. Seine Hände streichelten ihren Rücken, um sie zu trösten. Seine Muskeln waren unter ihr entspannt, als ob er sie so lange halten wollte, wie sie ihn brauchte. Langsam spürte sie, wie die Verzweiflung und der Kummer, die sie tief in sich hineingefressen hatte, ein wenig nachließen.

Diese Kleinigkeit fühlte sich wie der größte Schritt an, um wieder zu sich selbst zu finden. Piper spürte, wie sich ihre Lippen auf seiner Haut nach oben zogen, als sie diesen gigantischen Schritt feierte, mit dem sie den Schlag überwand, der sie so sehr getroffen hatte. Gabriel würde nicht gewinnen. Piper würde nicht zulassen, dass er jemals wieder mit ihrem Kopf spielte.

„Sehen Sie das Licht am Ende des Tunnels?", versuchte er zu erraten.

„J-Ja", hauchte sie mit einem zittrigen Stoßseufzer aus. Als sie merkte, dass sie auf seinem Schoß saß, krabbelte Piper zur Seite. Vielleicht bildete sie sich das nur ein, aber sie fühlte seine Umarmung fester werden, bevor er sie losließ.

Easton nahm ihr das Taschentuch aus der Hand und suchte sich eine saubere Ecke. „Hier, lassen Sie mich mal." Sanft wischte er ihr die Tränenspuren von den Wangen und die verschmierte Wimperntusche von den Augen. „So! Wenn Sie lächeln, merkt niemand, dass Sie traurig waren."

Die Gegensprechanlage schaltete sich mit einem Summen ein. „Alles in Ordnung, Boss?", erkundigte sich Knox' tiefe Stimme leise.

„Danke, Knox. Wir haben unsere private Konferenz beendet und sind auf dem Weg nach unten. Magst du uns am Eingang treffen? Ich möchte, dass du eine Nachricht liest, die auf Pipers Telefon eingegangen ist."

Pipers anfängliche Verlegenheit darüber, dass sie an ihrem ersten vollen Tag mit ihrem Chef bei weiß Gott was im Privataufzug erwischt worden war, legte sich, als Easton den Fokus auf die Abwehr von Gabriels Drohung lenkte. Sie hielt sich am Geländer des Aufzugs fest und stützte sich ab, als sie aufstand. Sie reichte Easton eine Hand und feierte innerlich, als er ihre Hand nahm und sich von ihr auf die Beine ziehen ließ. Sie wusste, dass sie ihm nicht wirklich half, als er sich sanft erhob, aber Piper gefiel das Gefühl, dass er ihre Hilfe angenommen hatte.

Easton löste den Haltegriff des Fahrstuhls und schickte ihn auf den Weg nach unten. Sie lehnten sich an den sich überschneidenden Wänden an - näher, als sie es vor der unterbrochenen Fahrt getan hatten. Piper wusste, dass es ihr peinlich sein sollte, aber das war es ihr nicht. Sie fühlte sich wohl bei Easton. Er hatte schon ihr Schlimmstes gesehen und sie freute sich darauf, ihm ihre administrativen Fähigkeiten zu zeigen.

In ihrem Kopf schwor sie sich: ‚Ich werde die beste Assistentin sein, die Easton je hatte - mit der Zeit sogar besser als Sharon!'

Nachdem sie am Sicherheitsschalter angehalten hatte, um Knox die Nachricht zu überbringen, begleitete Easton Piper über den

Campus zu einem herrlichen Restaurant im obersten Stockwerk des C-Gebäudes. Es war voll mit plaudernden Angestellten. Alle lächelten oder winkten Easton zu, als sie an den Tischen vorbeigingen. Piper gefiel die freundliche Stimmung, die im Raum herrschte.

KAPITEL 5

Piper lehnte sich gegen das weiche Leder des bequemen Sitzes und überflog die Speisekarte. Sie wusste nicht, was sie wählen sollte. Alles sah wunderbar und teuer aus.

„Möchten Sie einen Vorschlag?", fragte Easton, während sie hin und her schaute und versuchte, sich zu entscheiden.

„Ja!"

„Nehmen Sie das Tagesgericht mit mir."

„Hat uns der Kellner gesagt, was es ist?"

„Der Chefkoch ist ein Freund von mir. Er wird etwas Besonderes nur für uns zubereiten. Ich garantiere, dass es köstlich sein wird und wir können es ohne Meeresfrüchte bestellen", versicherte er ihr.

So etwas hatte sie noch nie gemacht. „Das machen wir", stimmte Piper zu und ließ ihre Speisekarte mit einem Knall zuschnappen.

Sofort kam die Bedienung, um ihre Bestellungen aufzunehmen. Sie lächelte, als Easton für sie beide bestellte und darauf hinwies, dass es keine Meeresfrüchte enthalten sollte. „Er wird heute viel Spaß haben. Heute ist das neue saisonale Produkt zum ersten Mal eingetroffen. Der Chefkoch brennt darauf, zu experimentieren."

„Perfekt!" Easton klatschte vor Freude in die Hände. Als die Kellnerin ging, um dem Koch die guten Neuigkeiten mitzuteilen, hob er sein Wasserglas und stieß mit Piper an: „Auf das Ausprobieren neuer Dinge!"

„Auf neue Dinge!"

„Nach dem Essen möchte ich, dass wir einen Blick auf den Terminkalender werfen und meine anstehenden Besprechungen durchgehen."

„Das würde mir gefallen. Wenn es Ihnen recht ist, werde ich Ihnen ein paar Fragen stellen, damit ich ein Gefühl dafür bekomme, wie Sie die Dinge angehen. Es sah so aus, als würden Sie immer mit einer morgendlichen Konferenz beginnen?" Piper zeichnete den Zeitplan in ihrem Kopf nach.

„Das ist meine übliche Vorgehensweise gewesen. Edgewater Industries expandiert so stark, dass diese Treffen meiner Meinung nach weniger effektiv sind. Ich bekomme nur von der Führungsebene etwas zu hören und während ich nach dem Gesamtbild frage, nach dem Guten und dem Schlechten, gibt es einen gewissen Wettbewerb zwischen den Abteilungen."

„Wollen Sie meine Meinung dazu hören?", fragte sie zögernd.

„Ja."

Piper lächelte über seine einsilbige Antwort. Easton verschwendete keine Zeit mit schnörkeligen Höflichkeiten, wenn etwas Einfacheres genügte. „Was halten Sie von einem Treffen mit verschiedenen Positionen in den verschiedenen Abteilungen? Sharon sagte zum Beispiel, dass es viele Bedenken wegen eines neuen Softwareprogramms gibt, das nächsten Monat für die Verwaltungsmitarbeiter eingeführt wird. Vielleicht könnten Sie sich vor und nach der Einführung mit zufällig ausgewählten Mitarbeitern wie mir und den eigentlichen Technikern treffen, um Fragen oder Bedenken zu klären."

„Mir gefällt die Idee mit den zufällig ausgewählten Mitarbeitern. Das nimmt den Managern die Arbeit aus der Hand. Ich wette, die Technik könnte eine Auswahl von Leuten in verschiedenen Positionen zusammenstellen." Easton zückte sein Handy, um sich Notizen zu machen.

„Es ist eine Unterbrechung im Tagesablauf der Leute. Das könnte sich nachteilig auf die engagierten Mitarbeiter auswirken, von denen Sie wirklich etwas hören wollen. Es sei denn, Sie machen sich die natürliche Geltungsliebe aller zunutze. Vielleicht eine Edgewater-Wasserflasche oder ein anderes kleines Geschenk als Dankeschön?", schlug Piper zögernd vor.

„Ich werde nicht jeden Monat Zeit für jede Abteilung haben. Vielleicht eine Rotation von zwei Abteilungen pro Monat und eine völlig zufällige Verlosung unter den Mitarbeitern?", fragte Easton.

„Das gefällt mir. Ich würde alle einbeziehen, von den Mitarbeitern der Cafeteria bis hin zur obersten Führungsebene." Piper beobachtete ihren Chef, der sich Notizen machte. Er hörte sich ihre Vorschläge wirklich an.

Die Kellnerin unterbrach die beiden, als sie ihre Getränke brachte. Easton hatte keinen Cocktail bestellt, sondern einen einfachen ungesüßten Eistee, den Piper ebenfalls geordert hatte, allerdings mit Süße. Sie nahm einen großen Schluck und rümpfte angesichts des bitteren Geschmacks die Nase. Als sie zu Easton aufblickte, lachte sie vergnügt, als er wegen des Zuckers zusammenzuckte.

„Ich werde ihr sagen, dass sie für jeden von uns ein neues Glas bringen soll", schlug Piper vor.

Easton hielt ihr sein Glas hin. „Ich habe nichts Ansteckendes. Sie etwa?"

Piper spürte, wie ihr das Lächeln verging. Daran hatte sie gar nicht gedacht. Gabriel hatte so viel Unheil in ihr Leben gebracht. Konnte sie darauf vertrauen, dass er ihr keine Krankheiten übertragen hatte?

„Es tut mir leid, Kleines. Ich sollte besser nachdenken, bevor ich spreche."

Er wedelte mit der Hand in der Luft und winkte die Bedienung heran. „Miss, könnten Sie uns frische Getränke bringen? Ich fürchte, Sie haben unsere Bestellungen vertauscht. Einen süßen Tee für die Dame und einen normalen für mich, bitte."

Mit aufrichtiger Entschuldigung machte sie sich sofort auf den Weg, um die Situation zu bereinigen, während Piper aufmerksam die Tischplatte studierte. Sie wusste nicht einmal, wie sie das Thema wechseln sollte, während ihr die ‚Was-wäre-wenn'-Gedanken durch den Kopf schossen. Piper verpasste, dass Easton ihr eine kurze Nachricht auf ihr Handy schickte.

„Sie haben heute Nachmittag um zwei einen Termin."

„Was?" Überrascht sah Piper auf, um seinen Blick zu erwidern. Sie bemerkte, dass er die Stirn kraus zog.

„Jeder Mitarbeiter von Edgewater Industries hat ab seinem ersten Arbeitstag Anspruch auf alle Leistungen. Sie haben um zwei Uhr einen Termin im Gesundheitszentrum mit unserer Arzthelferin. Das ist im C-Turm. Sie wird alle Tests durchführen, die Sie gemeinsam bestimmen."

„Das kann ich nicht von Ihnen verlangen", protestierte sie und spürte, wie ihr Gesicht heiß wurde, während sie gleichzeitig Erleichterung verspürte.

„Sie haben nicht darum gebeten. Ich habe eine Behandlung für meine neue Assistentin arrangiert."

Die Ankunft der Bedienung mit farblich gekennzeichneten Strohhalmen verhinderte diesmal eine Verwechslung. „Weiß für ‚Zucker'. Rot für ‚Achtung, kein Zucker'!"

Ihr fröhlicher Scherz löste die Spannung. Als sie ging, um nach dem Essen zu sehen, sagte Piper: „Vielen Dank, Sir. Ich werde heute Abend lange arbeiten, um die fehlende Zeit aufzuholen."

„Ich werde Sie mit einer Aufgabe nach Hause schicken", warnte er. „Sie können sie vor dem Schlafengehen in Ihrer Wohnung erledigen."

„Hier, bitte sehr! Der Chefkoch hofft, dass es Ihnen gefallen wird. Er hat mich angewiesen, Ihnen zu sagen, dass dies Ihr erster Gang ist - ein Caprese-Salat." Die Kellnerin stellte zwei schöne Gerichte vor sie hin. Frische Tomaten glitzerten mit einem leichten Ölfilm auf den Scheiben frischen Mozzarellas. Dünne Basilikumblätter garnierten sie.

Piper schob sich einen kleinen Bissen in den Mund und stöhnte vor Vergnügen. „Oh, köstlich!"

„Oh, köstlich, in der Tat", erwiderte Easton.

Die beiden saßen mehrere Minuten lang schweigend da und genossen das einfache, aber erstaunliche Gericht. Der Geschmack jeder einzelnen Zutat harmonierte vorzüglich. Sogar Piper konnte erkennen, dass der Koch nur die besten Zutaten verwendet hatte, vom nativen Olivenöl extra bis zum hausgemachten Käse.

Schließlich legte Piper ihre Gabel auf ihren leeren Teller und seufzte. „Das war so gut. Ich frage mich, was daran saisonal war. Die Tomaten?"

„Ich wette, das erfahren wir beim nächsten Gang", meinte Easton und nickte der Kellnerin zu, die mit zwei größeren Tellern in den Händen auf sie zukam.

„Sieht aus, als wäre der erste Gang ein Erfolg gewesen", lobte sie, während sie die leeren Teller rasch gegen die neuen austauschte. „Das ist der Hauptgang - Butter-Basilikum-Steak mit Röstkartoffeln."

Piper beugte sich vor, um das köstliche Aroma zu riechen, während sie das Geld berechnete, das auf ihrer Kreditkarte noch übrig war, um diese Mahlzeit zu bezahlen. Sie hatte schon ewig kein gutes Steak mehr in einem Restaurant gegessen. Schnell schob sie sich eine Kartoffel in den Mund und beschloss, diese Mahlzeit in vollen Zügen zu genießen.

Als Easton sah, wie sie sich beim Kauen vor Vergnügen krümmte, schlug er vor: „Warten Sie, bis Sie das Steak probiert haben." Er hob ein weiteres Stück des dicken Filets an seinen Mund.

Schnell tat sie es ihm gleich und steckte sich einen Bissen in den Mund. „Meine Güte. Ich glaube, das ist die beste Mahlzeit, die ich je gegessen habe."

„Jetzt wissen Sie, warum ich dem Küchenchef die Freiheit gebe, alles zu kreieren, was er will."

„Es kann doch nicht immer so gut sein", staunte sie. „Und was ist die magische Zutat, die er schon lange ausprobieren wollte?"

„Ich glaube, es ist Basilikum."

„Es ist köstlich!"

Sie aßen beide einen weiteren Bissen und ließen das Gespräch an sich vorbeiziehen, während sie das speziell für sie zubereitete Essen genossen. Bald begann Easton, ihr allgemeinere Fragen zu stellen, als ob er sie wirklich besser kennenlernen wollte. Die Kombination aus gutem Essen, Service und einem sympathischen Tischnachbarn half Piper, sich zu entspannen. Sie merkte, dass sie Easton mit jedem Moment, den sie mit ihm verbrachte, mehr zu schätzen wusste.

„Bereit für den Nachtisch?", fragte die muntere Kellnerin, als sie mehr farblich gekennzeichneten Eistee brachte.

„Ich weiß nicht, ob ich noch etwas essen kann", gestand Piper.

„Das liegt ganz leicht im Magen. Glauben Sie mir, Sie wollen das nicht verpassen."

„Kommen Sie schon," ermutigte Easton sie.

In Windeseile war sie mit zwei kleinen goldenen Schalen zurück, die jeweils eine einzige cremig-weiße Kugel enthielten. „Das wird Ihnen schmecken. Zimt-Basilikum-Eiscreme."

„Basilikum-Eis?", fragte Piper ungläubig.

„Lassen Sie es uns gemeinsam kosten. Ich zähle bis drei. Eins. Zwei. Drei." Sie steckten sich jeder einen kleinen Bissen in den Mund und stöhnten gleichzeitig auf, als der frische, klare Geschmack von Sahne, Zucker und einem Hauch von Zimtgewürz vermengt mit etwas Exotischem explodierte.

„Das ist unglaublich", kommentierte Piper, während sie einen weiteren Bissen nahm. Als er auf der Zunge zerlief, beschloss sie, dass es nichts Besseres als diesen einzigartigen Geschmack geben konnte. Sie erstarrte, als ihr ein Bild in den Sinn kam: Easton lag ausgestreckt in einer Wanne mit milchiger Flüssigkeit. Den Kopf auf den Unterarm gestützt, betrachtete der elegante Silberfuchs sie mit einem Ausdruck von Zärtlichkeit und sexueller Spannung. Ein plötzliches Verlangen, seine Haut zu schmecken, um herauszufinden, ob er diesen unglaublichen Geschmack noch übertreffen konnte, keimte in ihr auf, und sie blickte nach unten, um die Hitze zu verbergen, die in ihr aufstieg und sich vermutlich in ihren Augen spiegelte.

Eine warme Hand legte sich auf ihre, die sich auf die Tischplatte presste. Erschrocken blickte Piper auf und sah in Eastons Augen. Sofort erkannte sie das Verlangen, das er in seinem Blick zu verbergen versuchte, glühend heiß. *Er spürt dasselbe!*

„Atmen Sie tief durch, Piper."

Erst dann strömte die Luft wieder in ihre Lungen, und sie merkte, dass sie den Atem angehalten hatte. Seine Finger krümmten sich zwischen ihren und drückten ihre Hand leicht. Bevor sie sich zurückhalten konnte, flüsterte Piper: „Ist das ein Fehler?"

„Nur auf die beste Art."

KAPITEL 6

Piper saß auf dem mit Papier ausgelegten Untersuchungstisch und wartete nervös auf die Arzthelferin. Um sich auf etwas anderes zu konzentrieren als darauf, dass sie in nichts weiter als einem weichen Baumwollkittel dasaß und nichts zu tun hatte, ließ sie das Ende des köstlichen Essens in ihrem Kopf Revue passieren. Easton hatte sie ins Gesundheitszentrum geschickt, nachdem der Koch gekommen war, um zu sehen, wie ihnen das Essen geschmeckt hatte. Sie hatte dagegen protestiert, dass sie für ihre Mahlzeit nichts bezahlen sollte, aber der Koch hatte dem ein Ende gesetzt.

„Für Gäste von Mr. Edgewater wird nichts berechnet. Danke, dass Sie mein Versuchskaninchen waren."

„Es war köstlich", hatte sie gelobt, als sie vom Stuhl aufstand. „Danke, Easton."

Als sie die Tür erreicht hatte, war Piper klar geworden, dass das Gesundheitszentrum nicht Teil von Sharons Tour gewesen war und sie nicht wusste, wohin sie gehen sollte. Ihr Telefon hatte gesummt und sie auf sich aufmerksam gemacht. Sie öffnete eine Nachricht und spürte, wie sich ihre Lippen zu einem erfreuten Grinsen verzogen, als eine Karte des Geländes auf ihrem Handy erschien.

Als die Tür aufging, wurde sie aus ihren Gedanken gerissen. Eine freundlich aussehende Frau in ihren späten Vierzigern betrat den Raum mit einem schlichten Ordner. „Ms. Townie?"

„Ja, ich bin Piper."

„Ich bin Sarah Trimble, die Arzthelferin des Gesundheitszentrums. Ich gratuliere Ihnen zu Ihrem neuen Job. Was hat Sie heute zu mir geführt?"

Die Worte purzelten aus Pipers Mund. „Ich bin gerade vor einer unschönen Beziehung geflohen ..."

Die Krankenschwester hakte nach, als Piper innehielt und nicht wusste, wonach sie fragen sollte. „Eine intime Beziehung?"

„Ja."

„Dann werden wir alle Gesundheitsrisiken abklären, damit Sie beruhigt sein können. Bevor wir beginnen, haben Sie gesundheitliche Bedenken, von denen ich wissen sollte?"

„Nein. Ich bin ziemlich gesund. Ich habe allerdings nicht gut geschlafen", gestand sie.

„Schlaf ist wichtig. Ich werde sehen, ob ich Ihnen ein paar Empfehlungen geben kann, die Sie ausprobieren können. Lassen Sie mich einen kurzen Check durchführen, bevor wir ein paar Proben für das Labor nehmen." Mit ruhiger Zuversicht untersuchte die Krankenschwester sie.

Fünfzehn Minuten später lagen eine Reihe von Röhrchen und verschlossenen Tupfern auf dem Tablett, bereit, ins Labor zu wandern. Sie hatte ein neues Verhütungsmittelrezept an die Apotheke geschickt. „Okay, Piper. Ich schicke Ihnen eine Nachricht, wenn ich die Testergebnisse zurückbekomme. Benutzen Sie Kondome, bis wir alle Ergebnisse vorliegen haben. Sie sind sehr gesund. Ich habe das Gefühl, dass die Schlafprobleme von dem herrühren, was Sie in letzter Zeit durchgemacht haben. Allein der Beginn einer neuen Stelle kann stressig sein. Kombiniert man das mit allem anderen, ist es kein Wunder, dass Sie Schlafprobleme haben."

„Mein Stresspegel ist enorm hoch", gab Piper zu.

„Sie sollten daran arbeiten, dass Sie sich entspannen, bevor Sie das Licht ausmachen. Legen Sie eine übliche Zeit für das Schlafengehen fest und halten Sie sich daran. Ich empfehle 21.00 Uhr. Eine Stunde vor dem Schlafengehen keine elektronischen Geräte, keine Arbeit und kein Sport. Geben Sie einen Tropfen ätherisches Lavendelöl auf Ihr Kopfkissen oder reiben Sie es auf Ihr Nachthemd. Nehmen Sie vor dem Schlafengehen ein warmes Bad oder trinken Sie ein warmes, koffeinfreies Getränk. Die traditionelle warme Milch eignet sich hervorragend und ist auch ernährungstechnisch wichtig."

Piper nickte. „Ich werde es versuchen. Danke."

„Ich freue mich, Sie kennenzulernen, Piper. Kommen Sie regelmäßig zu mir. Ich möchte, dass Sie hier gesund und glücklich sind. Falls Sie Ihre Leistungen hier bei Edgewater Industries noch nicht kennen: Alle medizinischen, zahnmedizinischen und psychologischen Behandlungen sind vollständig abgedeckt. Das gilt auch für verschreibungspflichtige und nicht verschreibungspflichtige Medikamente. Besuchen Sie die Apotheke, um alles zu holen, was Sie brauchen."

„Vielen Dank, Sarah. Ich freue mich auch, Sie kennenzulernen. Das hätte sehr peinlich werden können. Sie haben das angenehm gemacht."

„Dann habe ich meinen Job richtig gemacht." Sarah gab ihr einen Klaps auf das Knie und nahm das Tablett und die Mappe in die Hand. „Schlafen Sie gut."

Nachdem sie gesehen hatte, wie sich die Tür hinter der tröstenden Gestalt schloss, schlang Piper die Arme um sich und drückte sie fest an sich. Das war sicher nicht lustig gewesen, aber auch nicht furchtbar. Und das Beste daran war, dass es erledigt war. Alles außer dem Warten.

Als Piper auf die Uhr im Zimmer schaute, wusste sie, dass sie noch Zeit haben würde, um vor Feierabend ins Büro zurückzukehren. Die tüchtige Krankenschwester hatte alle Tests und die verschiedenen Teile der Untersuchung in kürzester Zeit erledigt. Piper sprang vom Tisch auf und begann sich anzuziehen.

Das wispernde Geräusch einer sich öffnenden und schließenden Schreibtischschublade drang an Eastons Ohr, während er die jüngsten Finanzberichte studierte. Er spürte, wie sich seine Mundwinkel hoben. Es machte ihn glücklich, Piper in seiner Nähe zu haben. Sie hatte in kurzer Zeit einen großen Eindruck auf ihn gemacht. Sharon war eine äußerst kluge Frau, dass sie ausgerechnet sie für ein Bewerbungsgespräch ausgewählt hatte.

Sie arbeitete leise an ihrem Schreibtisch im Vorzimmer. Easton hatte sich im Computersystem aus dem Büro abgemeldet, damit er sich auf die Entschlüsselung der Zahlen im Bericht konzentrieren konnte. Irgendetwas stimmte nicht. Es war nur eine Vorahnung, aber er folgte immer seiner Intuition.

„Piper?", meldete sich Easton über die Sprechanlage.

Als sie in seiner Tür erschien, lächelte er sie an. „Danke, dass Sie wieder zur Arbeit gekommen sind. Es hat sich herausgestellt, dass ich Ihre Hilfe brauche. Könnten Sie Barry Mattson in der Buchhaltung kontaktieren? Wenn er im Gebäude ist, würden Sie ihn bitten, herzukommen?"

„Natürlich." Piper drehte sich um und wählte die Nummer, die er ihr am Morgen gegeben hatte. Ein Hoch auf Sharon!

„Barry, hier ist Piper im Büro von Mr. Edgewater. Er bat mich anzurufen, um zu erfahren, ob Sie noch an Ihrem Schreibtisch sitzen?"

Sie schwieg ein paar Sekunden lang, während er offensichtlich antwortete. „Perfekt. Könnten Sie in sein Büro kommen?"

Piper sah besorgt aus, als sie den Anruf beendete. „Barry ist auf dem Weg. Ich soll Ihnen sagen, dass er seinen Computer mitbringt und die neuesten Berichte sind jetzt in Ihrem Posteingang."

„Danke, Piper. Dieses Treffen wird eine Weile dauern." Er schaute auf die Uhr. „Ich möchte nicht, dass Sie warten, bis wir mit dem Bericht fertig sind. Ich habe ein paar Dinge auf Ihrem Schreibtisch liegen lassen. Würden Sie warten, um Barry in mein Büro zu begleiten? Dann können Sie Feierabend machen."

„Ich würde gerne noch eine Weile hier arbeiten, wenn es Ihnen nichts ausmacht. Ich komme langsam mit Sharons Organisation zurecht, aber ich muss mich noch ein wenig einfinden."

„Natürlich, Piper. Was immer Ihnen hilft, hier in Ruhe anzukommen. Dann arbeiten Sie bitte nicht weiter, nachdem Sie das Büro verlassen haben. Die Aufgaben, die ich Ihnen auf den Schreibtisch gelegt habe, können bis zu einem anderen Tag warten. Ich möchte, dass Sie spätestens um sieben hier raus sind."

„Ich hoffe, Sie bleiben auch nicht zu lange hier, Sir."

Er lächelte über die Anrede, die sie ihm gab. „Ich bin späte Abende gewöhnt, aber danke."

Ein Geräusch im Vorzimmer ließ sie sich vom Türrahmen aufrichten. „Barry ist hier. Ich bringe ihn rein."

„Danke, Piper. Machen Sie die Tür hinter ihm zu, bitte."

In Sekundenschnelle trat Barry mit seinem Computer in der Hand und einer Reihe von Ausdrucken ein. „Hey, Easton. Danke, dass du mich hierher bestellt hast. Ich hatte dir vor etwa einer Stunde eine E-Mail geschickt, aber keine Antwort erhalten. Ich hatte vor, morgen früh anzurufen und einen Termin zu vereinbaren. Ich hätte wissen müssen, dass das auch bei dir auf dem Radar auftauchen würde."

„Setz dich, Barry. Lass uns das klären", lud Easton ein, als sich die Tür leise hinter dem Buchhalter schloss.

„Deine?", fragte Barry und warf einen Blick auf die geschlossene Tür.

„Meine."

„Glückwunsch."

„Wurde auch langsam Zeit, dass ich sie finde."

Easton spürte, dass er schon wieder ein Schmunzeln auf den Lippen hatte, als sein Kollege sich einen Stuhl an seinen Schreibtisch zog, um seinen Computer und Dokumente zu ordnen. „Legen wir los. Ich zeige dir, was ich gefunden habe."

Zwei Stunden später hatte Easton alle Beweise, die er brauchte. Er forderte Knox auf, in sein Büro zu kommen. Als Piper den Sicherheitschef hereinließ, sah er sie streng an. „Gehen Sie nach Hause, Piper."

„Bin schon auf dem Weg. Kann ich Ihnen noch eine Tasse Kaffee bringen, bevor ich gehe oder etwas zum Abendessen bestellen?"

„Wir sind hier fast fertig, Piper. Wir folgen Ihnen in ein paar Minuten nach draußen."

„Wir sehen uns dann morgen früh."

„Schlafen Sie gut," ermutigte er sie.

„Danke. Gute Nacht, meine Herren."

„Gute Nacht, Piper", sagte Barry, kurz gefolgt von Knox.

Als sich die Tür wieder schloss, begegnete Knox Eastons Blick. „Ich bin froh, dass du auf Sharon gehört hast."

„Das bin ich auch."

KAPITEL 7

Als Piper am nächsten Morgen ins Büro kam, saß Sharon an ihrem Schreibtisch, diesmal auf der gegenüberliegenden Seite. „Guten Morgen! Ich kann auch da drüben sitzen", versicherte Piper Sharon.

„Du kannst dich ruhig an den Stuhl gewöhnen", antwortete Sharon mit einem gelassenen Lächeln.

Als sie sah, dass Piper einen Blick auf Eastons geschlossene Tür warf, fügte sie hinzu: „Er ist in einer Besprechung mit der Rechtsabteilung. Du wirst sehen, selbst in einem Unternehmen, das seine Mitarbeiter so unterstützt wie Edgewater Industries, gibt es unangenehme Leute. Als Verwalterin wirst du einige von ihnen kennenlernen. Knox hat heute zwei Leute am Tor mit ihren Habseligkeiten gestellt. Er beschlagnahmte ihre Ausweise und Computer. Sie durften das Gelände nicht mehr betreten."

Piper nickte und verstand, wie ernst das Gespräch zwischen den drei Männern gestern Abend gewesen war. *Wer würde hier einen Job riskieren?* Sie schüttelte ungläubig den Kopf und wollte Sharon von den Ereignissen der letzten Nacht erzählen, entschied sich dann aber, zu schweigen.

„Ich hole mir eine Tasse Kaffee und dann fangen wir an. Ich habe eine Liste mit Fragen an dich vorbereitet."

„Schieß los!" Sharon lachte.

„Kann ich dir eine Tasse mitbringen?", fragte Piper, steckte eine Kapsel in den Kaffeeautomaten und drückte den Knopf.

„Nein, danke. Ich habe mir gerade erst eine gemacht."

Piper brachte ihren Becher zurück an den Schreibtisch und setzte sich unbeholfen auf den Stuhl. Es war ihr unangenehm, ihn zu benutzen, wo doch Sharon so viele Jahre darauf gesessen hatte. Um sich abzulenken, zog Piper den Papierblock hervor und blätterte zu einer Seite mit Notizen, die sie gemacht hatte, nachdem Sharon gegangen war.

Die beiden Frauen waren fast mit der Liste fertig, als sich die Tür zu Eastons Büro öffnete. „Guten Morgen, meine Damen. Wie ich sehe, seid ihr schon fleißig bei der Arbeit. Ich hatte eine lange Nacht und brauche eine Tasse Kaffee."

„Ich kann Ihnen eine bringen", bot Piper an und stand auf.

Easton winkte sie zurück auf ihren Platz. „Lass dich von mir nicht stören. Ich kann einen Knopf drücken wie die Großen. Wenn Knox auftaucht, schickt ihn bitte rein."

„Ja, Sir", antwortete Piper mit einem Nicken.

„Du kannst mich ab jetzt Easton nennen", sagte er mit einem sanften Lächeln.

Piper blickte auf die ordentlich gestapelten Papiere auf dem Schreibtisch und blinzelte unauffällig die Tränen aus ihren Augen. Sie tat so, als würde sie eines der ausgedruckten Blätter lesen. Hör auf damit! Sie wollte im Büro nicht unprofessionell wirken.

Easton brühte sich rasch einen Kaffee und ging zurück in sein Büro. An der Tür fragte er leise: „Piper, wenn du einen Moment Zeit hast, würde ich gerne mit dir reden."

Piper versuchte, ihr Gesicht zu sortieren, stand auf und ging zur Tür. „Ja, Easton. Was kann ich für dich tun?"

„Schließ die Tür hinter dir."

Sie schluckte schwer und wiederholte in Gedanken immer wieder: „Reiß dich zusammen. Reiß dich zusammen", während sie leise seine Anweisungen befolgte.

„Piper, ich entschuldige mich. Ich wollte dich nicht aus der Fassung bringen."

Sie blickte schockiert zu ihm auf. *Wie konnte er das wissen?*

„Eines Tages wirst du vielleicht soweit sein, deine Tortur hinter dir zu lassen. Ich werde dich nie drängen oder eine Beziehung erzwingen, die du nicht willst. Aber du sollst wissen, dass ich auf dich warte, bis es soweit ist."

„Er hat mich gebrochen", stieß Piper hervor.

„Er hat versucht, dich zu brechen, aber du bist unverwüstlich. Du bist gegangen. Du bist nicht in dieser gefährlichen Situation geblieben, und du bist hierhergekommen, wo du sicher bist."

Sie starrte ihn an. „Ich weiß nicht, ob ich jemals wieder auf die Beine komme."

„Das ist Quatsch. Du bist bereits auf dem Weg der Besserung. Jeden Tag wirst du stärker."

Er öffnete eine Schublade und holte ein paar Taschentücher heraus. Als er sich ihr näherte, hob er eines an ihr Gesicht und zögerte, um sie um Erlaubnis zu bitten. Nach einer kurzen Pause nickte sie und Easton tupfte ihr sanft die Feuchtigkeit aus den Augenwinkeln. Automatisch senkte sie ihre Augenlider.

Seine Warmherzigkeit strahlte auf sie ab. Als sie spürte, wie seine Lippen einen sanften Kuss auf ihre Stirn drückten, trat sie einen Schritt näher, um sich an seine Wärme zu pressen. Eastons Arme legten sich um sie und hielten sie fest. Er sagte nichts, sondern begnügte sich damit, sie zu trösten.

Sie entspannte sich an seiner Brust und ließ ihre Wange auf sein kühles Hemd sinken. Sie schloss die Augen, während er mit einer Hand langsam ihre Wirbelsäule auf und ab strich. Die Zeit schien um sie herum stillzustehen, als Piper sich einprägte, wie Easton sie hielt. Sein männlicher, sauberer Duft erfüllte ihre Nasenlöcher. Piper war noch nie mit einem Mann mit Bart ausgegangen. Eastons kurzes, salz- und pfefferfarbenes Gestrüpp sah borstig aus, aber sie war begeistert von dem seidigen Gefühl der Haare auf ihrer Haut.

Sogar sein Bart verwöhnt mich. Ein kurzes Kichern entwich ihren Lippen bei diesem Gedanken.

„Es macht mich auch glücklich, dich zu halten", sagte er leise.

Das Grollen von Knox' Stimme im Vorzimmer ließ sie aus seiner Umarmung zurückweichen. Sie lächelte ihn zaghaft an und erhielt als

Antwort ein sanftes Zwinkern. Ein angenehmes Gefühl breitete sich in ihr aus und schien die Dunkelheit zu verdrängen, die sich über Piper gelegt hatte, seit sie vor Gabriel geflohen war.

„Geh und lass Knox rein, Kleines. Denk daran, dass du hier in jeder Hinsicht sicher bist."

Sie nickte, drehte sich um und ging zur Tür. Piper zögerte und schaute über ihre Schulter zu ihm. „Danke, Easton."

„Ich bin immer für dich da."

Als das Mittagessen näher rückte, erklärte Sharon den letzten Punkt auf Pipers Liste, den sie durchgehen mussten. Ein schnelles Klopfen an der Tür am Ende des Flurs ließ beide Frauen aufblicken. Beim Klang von „Mami" stand Sharon schnell auf und ging in den Gang.

„Roger? Hallo, mein Kleiner. Bist du gekommen, um mich zu suchen?", fragte Sharon und führte einen großen Mann in das Büro.

„Mami! Ich habe mich verlaufen. Ich habe mich daran erinnert, dass du im obersten Stockwerk arbeitest, aber ich konnte dich nicht finden."

„Du solltest doch in unserer Wohnung bleiben, Roger", erinnerte sie ihn sanft.

„Das konnte ich nicht tun. Du hattest dich verlaufen!" Er schaute sie verwirrt an.

Piper erkannte, dass dies Sharons Mann sein musste. Er war groß und muskulös, aber nach vorne gekrümmt mit runden Schultern. Seine Hände wedelten an den Seiten und verrieten seine Aufregung. Sein Gesicht verzerrte sich zu einem Ausdruck der Frustration. Es sah so aus, als ob Roger irgendwo in seinem Kopf wusste, dass es keinen Sinn machte, dass er und Sharon unabhängig voneinander verloren gegangen waren. Um ihn abzulenken, stand Piper auf und ging auf ihn zu, um ihn zu begrüßen.

„Du musst Roger sein. Ich bin Piper."

Roger schaute sie ausdruckslos an, bevor er langsam seine Hand hob, um ihre zu schütteln. Sein Körper funktionierte instinktiv, weil er jahrelang mit anderen Menschen angemessen umgegangen war. Sein Gesicht entspannte sich, als sie seine Hand nahm, um sie zu schütteln. Das war vertraut und Routine.

„Ich bin gekommen, um Mami zu holen. Sie muss jetzt nach Hause kommen", sagte er zu Piper.

„Okay. Ich wette, sie ist soweit, jetzt Zeit mit dir zu verbringen."

„Lass mich nur meine Tasche holen, Roger, und wir sind schon unterwegs." Sharon sah Piper in die Augen und schickte ihr eine stumme Entschuldigung, dass sie das Thema, über das sie gesprochen hatten, nicht zu Ende bringen konnte.

Piper schüttelte leicht den Kopf und lächelte. „Habt einen schönen Nachmittag, ihr zwei. Mal sehen, wie viele Fragen ich mir für morgen einfallen lassen kann", scherzte sie.

„Können wir Ham... Ham..., du weißt schon, diese Dinger mit den Kartoffelstiften haben?" Roger stolperte über seine Worte, als ob sie ihm entglitten wären.

„Wir hatten gestern schon Hamburger und Pommes zum Abendessen. Wie wäre es mit etwas Nahrhafterem?", fragte Sharon.

„Nein, Mami. Ham und Stäbchen."

„Alles klar, Roger. Wir holen uns ein paar Burger." Sie schlang einen Arm um seine Taille und führte ihn zur Tür. Sharon zwang sich ein Lächeln auf, als sie ihn anschaute.

Pipers fühlte den Schmerz ihrer neue Freundin, als sie die Traurigkeit in Sharons Augen sah. Piper schickte ihr eine Welle mentaler Unterstützung, während sie im Büro stand und zusah, wie Sharon einen stolpernden, unkoordinierten Roger durch die Tür führte. Seine Worte drangen noch einmal zu Piper zurück, als er wiederholt seinen Wunsch nach dem Fast-Food-Essen vortrug. Ihre Stimmen verstummten, als sie in den Aufzug traten.

„Roger war der Vorsitzende der hiesigen Bank. Er gab seinen Job auf, als die Ärzte bei ihm eine schnell einsetzende Demenz diagnostizierten. Es ist für alle schwer mit anzusehen, wie es mit ihm bergab geht - herzzerreißend für seine kleine Tochter, die jetzt seine Mami geworden ist. Sharon weigert sich, eine Pflegekraft für Roger einzustellen, bis es keine andere Möglichkeit mehr gibt", sagte Easton leise.

„Sie liebt ihn sehr", bemerkte Piper.

„Er ist seit zwanzig Jahren ihr Leben." Easton rieb sich den Nacken und gestand: „Ich wusste nicht wirklich, ob sie die ganze Woche, die wir dir versprochen haben, mitmachen kann. Ich vermute, dass sie von nun an Fragen am Telefon beantworten will."

„Das wäre schon in Ordnung. Ich weiß jetzt, wo alles ist. Na ja, fast!", sagte Piper lachend.

„Wir archivieren unsere elektronischen Unterlagen sorgfältig. Sharon leitet meine E-Mails normalerweise an die entsprechenden Ablageorte weiter, damit ich Zeit für andere Aufgaben habe. Könntest du dich nach dem Mittagessen darum kümmern?"

„Ja. Sharon hat das mit ihrer Mailbox vorgemacht. Ich werde alles, was ich weiß, dort einsortieren, wo es hingehört, und alles, was keinen Sinn ergibt, mit Sharon abklären."

„Danke, Piper."

KAPITEL 8

Als Piper in ihrer stillen Wohnung saß, hatte sie endlich Zeit, richtig nachzudenken. Sie erinnerte sich an das Gefühl von Eastons Armen um sie herum und umarmte sich ganz fest selbst. Er fühlte sich richtig an. In seinen Armen zu liegen, rief eine Reihe von Gefühlen hervor, von Trost über Verlangen bis hin zu Angst.

„Nicht jeder ist ein dich ausnutzendes Arschloch, das mit deinen Fantasien spielt!", tadelte Piper sich selbst lautstark.

In der Wohnung war es plötzlich zu still. Piper hatte niemanden in der Lobby gesehen, als sie das Gebäude betreten hatte. Vielleicht sollte sie an Reginas Tür klopfen und fragen, ob sie eine Weile mit ihr abhängen wollte. Sie stand auf, ging zum großen Fenster und schaute hinaus. Es waren immer noch viele Leute auf dem Gelände unterwegs. Piper überlegte, ob sie nach draußen gehen sollte, um die Abendluft zu genießen, aber sie wollte nicht ganz allein dort sitzen.

Ihr Blick hob sich, um das Gebäude gegenüber von ihr zu studieren. Piper warf einen Blick in das oberste Stockwerk, um zu sehen, ob ihr Büro gegenüber ihrer Wohnung lag. Sie lehnte sich näher an das Glas. Easton stand an der Brüstung des Balkons im obersten Stockwerk. Hemdlos hob er eine Wasserflasche an den Mund und trank daraus.

Verdammt! Sie prägte sich seinen durchtrainierten Körper aus der

Ferne ein und wünschte, sie könnte ihn besser sehen. Piper hatte vermutet, dass er intensiv trainierte, um in Form zu bleiben. Selbst aus dieser Entfernung konnte sie das bestätigen.

Langsam drehte Easton den Kopf und schien die Gegend abzutasten. Als sein Blick auf ihrem Fenster landete, hob er eine Hand zum Gruß.

Automatisch wich sie von der Scheibe zurück und wurde verlegen. Sie zuckte zusammen, als ihr Handy in ihrer Tasche surrte. Sie schaute auf das Display und las seine Nachricht.

Als Nächstes stehen Popcorn und ein Actionfilm auf meinem Programm. Magst du dich mir anschließen?

Wie von selbst tippten Pipers Finger eine Antwort ein: *Liebend gern.*

Ohne ihre Antwort noch einmal zu überdenken, eilte Piper in ihr Schlafzimmer und zog ihre Turnschuhe an. Sie bürstete sich die Haare und schaute auf die Shorts und das T-Shirt, das sie trug. War das in Ordnung, um Zeit mit ihrem Chef zu verbringen?

Wem mache ich etwas vor? Nichts ist angemessen, wenn man Zeit mit seinem Chef verbringt.

Piper verdrängte alle negativen Gedanken aus ihrem Kopf und griff nach ihrem Handy und ihren Schlüsseln. Beinahe hätte sie wieder kehrtgemacht, als sie auf den Aufzug wartete, aber Piper verscheuchte ihre Befürchtungen schnell. Easton zog sie an. Sie hatte größere Lust, bei ihm zu sein, als Angst davor zu haben, es zu vermasseln.

Sie flitzte über den schönen Rasen und fuhr mit dem Privataufzug zum Büro hinauf. Als sich die Türen öffneten, betrat sie das Büro. Easton kam durch seine Bürotür und zog sich ein T-Shirt über. Sein Haar war nass und zerzaust. Hitze stieg in ihrem Unterleib auf, als sie sich vorstellte, wie er nackt unter der Dusche stand.

Er streckte eine Hand nach ihrer aus. „Komm mit. Zu meiner Wohnung geht's hier entlang." Er zog sie sanft durch sein Büro, das private Badezimmer und in einen großen, offenen Raum. Von den Panoramafenstern aus hatte man einen herrlichen Blick auf Edgewater Industries.

„Kein Wunder, dass du auf dem Balkon warst", kommentierte sie und machte einen weiteren Schritt nach vorne, ohne darauf zu achten, wohin sie ging. Mit einem dumpfen Aufprall rannte sie in seine Seite.

Easton, dem die Sorge ins Gesicht geschrieben stand, legte einen Arm um Piper, um sie zu stützen. Er drehte sich um und zog sie näher an sich heran, wobei er Piper an seinen Körper drückte. Ihr Herzschlag beschleunigte sich, als sie in sein hübsches Gesicht starrte. Unfähig, dem in ihr aufkeimenden Verlangen zu widerstehen, stellte sich Piper auf die Zehenspitzen und ließ ihre Hände in seinen Nacken gleiten. Sie wusste nicht, wer sich zuerst bewegt hatte, aber ihre Münder pressten sich sanft aufeinander.

Ein Laut der Freude entrang sich ihr, als sie seinen Kopf erneut zu sich nach unten zog, um ihn weiter zu kosten. Sein Geschmack strömte in ihren Mund, als Easton die Kontrolle über den Kuss übernahm und über ihre Lippen leckte, wobei er sie lautlos aufforderte, ihren Mund zu öffnen. Als sie ihn bereitwillig einlud, drang Easton mit seiner Zunge in das Innere ihres Mundes vor. Er bewegte sich langsam und bedächtig, neckte ihre Zunge mit seiner und forderte sie auf, sein Spiel zu erwidern.

Piper schmiegte sich enger an ihn und genoss es, im Fokus seiner Zuwendung zu stehen. Zu ihrer Erregung spürte sie, wie er hart an ihr wurde. Easton ließ eine Hand über ihre Wirbelsäule und die Wölbung ihres Pos gleiten. Seine Finger krallten sich leicht in ihr rundes Fleisch und zogen sie zu sich heran, wobei sie den Millimeter Abstand zwischen ihren Körpern überwanden.

„Kleines Mädchen, was machst du mit mir?", knurrte er gegen ihre Lippen. Diesmal nahm sein Mund den ihren fest in Beschlag. Er umfasste ihren Hinterkopf mit der anderen Hand und hielt sie fest, während er sie erforschte.

Er riss seinen Mund von ihr los, damit sie beide nach Sauerstoff schnappen konnten. Easton musterte ihr Gesicht, bevor er fragte: „Film oder Bett, Piper?"

Piper schloss ihre Augen, um sich für einen Moment vor seinem wissenden Blick zu verstecken. Sie konnte nur daran denken, ihn zu berühren. Sie zwang sich, die Frage zu stellen, die in ihrem Kopf lauerte und flüsterte: „Ich will dich so sehr, aber ich will nicht noch einen Fehler machen. Ich will nicht, dass du denkst, ich sei der Typ Frau, der mit jedem Mann ins Bett springt."

Easton drückte ihr einen Kuss auf die Stirn, der Piper einen Schauer der Freude über seine Antwort bescherte. Ihre Augenlider öffneten sich, damit sie sein Gesicht abtasten konnte. Es gab keinerlei Anzeichen von Verärgerung.

„Dann sehen wir uns einen Film an und lernen uns besser kennen. Wenn du weißt, dass es das Richtige für uns ist, zusammen zu sein, wirst du soweit sein. Ich habe mein ganzes Leben auf dich gewartet. Ich kann ruhig noch ein bisschen länger warten."

Er schüttelte mit einem teuflischen Grinsen den Kopf. „Das ist eine totale Lüge. Es wird nicht leicht sein, zu warten. Aber Piper, wenn du in meinen Armen vor Lust vergehst, werde ich alles verlangen, was du mir geben kannst."

Piper nickte, ohne nachzudenken, und strich durch sein graues Haar. Sie liebte die geballte Hitze in seinen Augen. Easton hatte die volle Kontrolle über sich. Er wollte sie. Sie erhob sich auf die Zehenspitzen und küsste ihn erneut, um ihre Wertschätzung auszudrücken.

„Komm schon, Kleines. Machen wir es uns auf der Couch bequem. Ich will dich ganz nah bei mir haben", sagte Easton sanft zu ihr, als sie ihre Lippen löste. Er führte sie zu dem geschwungenen Ledersofa, setzte sich und zog sie an sich.

Nach einem weiteren Kuss schaltete er den großen Bildschirm ein. Es folgte eine Absprache zur Filmwahl. Sie stellten fest, dass sie viele der gleichen Filme mochten. Als sie ihre Auswahl getroffen hatten, offenbarte Easton seine Abhängigkeit von Popcorn.

„Ich dachte, wir werfen einfach eine Tüte in die Mikrowelle", gestand Piper, als er den Schrank unter dem Fernseher öffnete und fein säuberlich gestapelte Plastikbehälter mit Gourmet-Popcorn zum Vorschein brachte.

„Meine Schwäche, fürchte ich. Was magst du am liebsten: mit Butter, Käse, Zimt oder Karamell?"

„Ich mag Käse und Karamell gemischt", wagte sie zu sagen.

Easton zog die größte Dose heraus und öffnete das Siegel, um das wunderschöne orangefarbene und braune Popcorn zu enthüllen, das sich darin befand. „Das habe ich mir für einen besonderen Anlass aufgehoben. Es ist mein absoluter Favorit."

Er ließ sich wieder auf der Couch nieder und zog sie an sich. Easton drückte einen sanften Kuss auf Pipers Lippen und knurrte: „Ich wusste, dass du perfekt bist!"

Bevor sie protestieren konnte, schaltete er den Film ein und hob ein Popcornkorn an ihre Lippen. „Iss, Baby Girl. Ich bin froh, dass du hier bist."

Die frühe Morgensonne strömte durch die Fenster und warf einen Lichtstrahl auf Pipers Gesicht. Sie verlagerte einen Arm, um ihre Augen zu schützen und spürte, wie sich ihr Kissen unter ihr bewegte. Sie öffnete blinzelnd ihre Augen und starrte in Eastons faszinierend grüne Augen. „Hey!", flüsterte sie.

„Guten Morgen, kleines Mädchen." Seine Stimme war tief und rau, noch vom Schlaf durchzogen. Allein dieser Klang weckte das Verlangen tief in ihrem Unterleib.

„Wir sind wohl eingeschlafen?", vermutete sie.

„Der zweite Film war die Gute-Nacht-Geschichte für uns." Eastons Hand strich ihr das Haar aus dem Gesicht, bevor er eine Linie über ihre Wange und ihren Hals zog und ihre Schulter umfasste. „Gib mir einen Guten-Morgen-Kuss."

Sein Ton war sanft, aber bestimmt. Sie gehorchte sofort, ohne zu zögern. Sie drückte ihre Lippen in einem sanften Schmetterlingskuss auf seine und rückte näher heran, um den Kuss zu verlängern. „Mmm!"

„Genau die Art, wie ich meinen Morgen beginnen möchte."

Sie verlor sich in seinen Augen. Er sah sie an, wie es noch nie jemand getan hatte. Erregt und fürsorglich, hatte Piper das Gefühl, der Mittelpunkt seines Universums zu sein. Das gefiel ihr - sehr sogar. Sie spürte, wie sich ihre Lippen zu einem zufriedenen Lächeln verzogen und genoss seine Gegenwart.

Piep! Piep! Ein Alarm ertönte auf seiner Uhr. Schnell brachte er sie mit einem Tippen zum Schweigen.

„Wie spät ist es? Ich muss zurück in meine Wohnung." Schon der Gedanke an den beschämenden Gang vom Haus ihres Chefs zurück zu ihrer Wohnung ließ ihr Gesicht vor Verlegenheit heiß werden.

„Lass uns unsere Joggingrunde beenden", sagte er.

„Welche Runde?"

„Unsere Laufrunde durch die Grünanlage."

Völlig verwirrt beobachtete Piper, wie er aufstand, um ihre Schuhe vom Ende der Couch zu holen, wo sie sie abgelegt hatte, nachdem er darauf bestanden hatte, dass sie es sich bequem machte. Easton stellte sie auf den Couchtisch und ließ sich vor ihr nieder, um einen von Pipers Füßen in seiner Hand zu betten.

„Ich kann das selbst", sagte sie verwirrt und griff nach einem Turnschuh.

„Mein Job", antwortete er, nahm den Schuh und schob ihn über ihre Zehen in die entsprechende Position. Easton schnürte ihn fest zu, bevor er den Vorgang mit dem anderen Schuh wiederholte.

Er stand sportlich auf und zerrte sie von der Couch hoch. „Geh aufs Töpfchen und wasch dir das Gesicht."

Verwirrt befolgte sie seine Anweisungen, bevor sie sich wieder zu ihm setzte. Mit einer warmen Hand auf Pipers Rücken geleitete Easton sie zum Aufzug. Als sie in das helle Sonnenlicht traten, nahm er ihre Hand und begann langsam zu joggen.

Piper brauchte ein paar Schritte, um zu begreifen, dass er es mit dem Joggen ernst meinte. Als sie ihr Tempo gefunden hatte, ließ er ihre Hand los und die beiden bewegten sich fließend nebeneinander. Einige Frühaufsteher bewegten sich bereits auf den Grünflächen. Einige joggten, genauso wie sie es taten.

Easton winkte den Leuten zu, an denen sie vorbeikamen, und rief: „Guten Morgen".

Die ersten paar Male spürte Piper, wie sich ihr Gesicht vor Verlegenheit erhitzte. Schnell begriff sie, dass Easton eine perfekte Methode gefunden hatte, um unbemerkt in ihre Wohnung zurückzukehren. Als sie das Gebäude erreichten, drehte sie sich um, um sich bei ihm zu bedanken, aber Easton winkte sie in das Gebäude. Er drückte seinen Fingerabdruck auf das Pad, um den Aufzug zu rufen und geleitete sie in den Fahrstuhl.

„Lass dir Zeit. Wir sehen uns dann im Büro." Als sie nickte, stieg er aus und wartete darauf, dass sich die Türen schlossen.

Wagemutig warf sie ihm einen Kuss zu. Sein erwiderndes wölfisches Lächeln erregte sie. Easton rief Gefühle in ihr hervor, die sie noch nie gekannt hatte. Wenn sie diese mit dem verglich, was sie in ihrer Beziehung zu Gabriel für so spektakulär gehalten hatte, kamen ihr die Aufmerksamkeiten des anderen Mannes narzisstisch und egoistisch vor.

Wenn ich das nur gewusst hätte!

KAPITEL 9

Sharon erschien noch später als Piper und stürmte sich entschuldigend herein. „Es tut mir leid. Heute Morgen war zu Hause ganz schön was los. Leider muss ich in ein paar Stunden los, um Roger zum Arzt zu bringen."

„Sharon, wir können uns ab jetzt jeden Tag telefonisch verabreden, für den Fall, dass ich Fragen habe. Ich weiß, dass du alle Hände voll zu tun hast", schlug Piper vor.

Die abgekämpfte Frau ließ sich mit einem erleichterten Seufzer in ihren Stuhl fallen. „Das wäre toll. Ich komme vorbei, wenn ich kann, aber wenn alles drunter und drüber geht, schicke ich dir eine Nachricht. Wir können dann einen Termin ausmachen."

Piper stand auf und ging zur Kaffeemaschine. Sie machte sich eine Tasse und brühte eine weitere auf, während Sharon sich ins Netzwerk einloggte. Sie stellte den Kaffee ihrer Freundin hin.

„Du bist ein Engel", bedankte sich Sharon anerkennend, als sie die Tasse entgegennahm.

„Nein, aber ich bin froh, dass du das glaubst", zwitscherte Piper. „Hier ist meine erste Frage. Ich bin gerade dabei, Eastons Posteingang zu leeren und da sind ein paar E-Mails mit dem Vermerk P für privat? Ich weiß nicht, was ich mit denen machen soll."

„P ist die Bezeichnung für Personal. Es handelt sich außerdem um geschützte Informationen, die du also nicht lesen solltest", erklärte Sharon.

„Verstehe. Wo wird das in der Datenbank gespeichert?"

„Öffne den Ordner für Personalwesen auf dem geteilten Laufwerk. Jedes Jahr lege ich eine Datei mit dem Namen E. Edgewater und der Jahreszahl an. Wenn du die öffnest, siehst du alle Monate. Such dir einfach den richtigen Monat aus und *et voilà*, die Sache hat sich erledigt."

„Tolles System", lobte Piper und legte die letzten E-Mails schnell ab.

„Mir passt es so. Du kannst es gerne nach deinem Bedarf anpassen. Es muss für dich anwendbar sein. Easton bekommt eine Menge Benachrichtigungen. Ich habe ihm vorgeschlagen, manche davon an jemand anderen weiterzuleiten, aber Easton will sowohl die alltäglichen Dinge als auch die langfristigen Pläne des Unternehmens auf dem Schirm haben. Ich weiß nicht, wie er für alles Zeit hat. Er schläft nicht."

„Was? Er muss doch schlafen", protestierte Piper. Sie musste automatisch daran denken, wie sie an ihn gekuschelt aufgewacht war.

„Er gönnt sich jeden Tag ein paar Stunden Schlaf. Easton sieht heute ausgeruhter aus als sonst."

„Gut. Auch er muss sich ausruhen und neue Energie tanken", betonte Piper. Wenn sie ihm dabei helfen könnte, mehr zu schlafen, wäre sie vielleicht so gut für ihn, wie sie glaubte, dass er für sie war.

„Sharon, schön, dich zu sehen. Piper, kann ich dich für eine Minute entführen?" Easton stand in der Tür und sah in seinem schicken grauen Anzug umwerfend gut aus.

Piper schnappte sich ihr Notizbuch und ihren Stift, bevor sie aufstand und auf ihn zuging. Während sie versuchte, unauffällig zu sein, verschlang ihr Blick sein Äußeres. Die Erinnerung an ihn, zerzaust und atemlos, blitzte in ihrem Kopf auf, als sie sich ihm näherte. Zu ihrem Entsetzen verfing sich Piper leicht in dem Absatz ihres zweiten Pumps. Easton trat sofort vor, um sie aufzufangen. Seine kräftigen Hände stützten sie an ihren Armen.

„Ruhig, kleines Mädchen. Erschreck mich nicht", flüsterte er nur für ihre Ohren. Sein Blick hielt den ihren fest und sofort loderte Hitze zwischen ihnen auf.

„Es tut mir so leid. Danke, dass du mich vor dem Sturz bewahrt hast", antwortete sie.

„Ich werde immer für dich da sein."

Er erhob seine Stimme und fügte hinzu: „Ich möchte mit dir das Programm für heute Nachmittag durchgehen."

Easton schloss die Tür hinter ihnen, bevor er sich zu ihr beugte und ihr einen sanften Kuss auf die Lippen drückte. „Nochmals guten Morgen."

„Guten Morgen", flüsterte sie, bevor sie sich mutig auf die Zehenspitzen stellte, um ihn erneut zu küssen.

„Verlockend. Setz dich und lass mich mit dir durchgehen, was heute auf dem Programm steht."

Effizient ging er die Nachmittagssitzungen auf seinem Terminkalender durch und legte fest, was sie zu tun hatte. Piper schätzte seinen Führungsstil. Es gefiel ihr zu wissen, welche Erwartungen er hatte. Irgendwann würde sie automatisch verstehen, wie seine Verwaltungsassistentin ihn bei seinen Aufgaben unterstützen konnte. Im Moment war seine Anleitung genauso wertvoll wie Sharons Erfahrung und Unterstützung.

„Verstanden. Wie ich sehe, trifft sich der Chef von Riverbend Industries um sieben mit dir zum Abendessen. Darf ich einen Tisch für dich reservieren?", fragte Piper mit einem Lächeln, als sie fertig waren.

„Das würde ich sehr begrüßen, Piper. Frag nach, ob L'Orangerie einen Tisch für zwei Personen für mich reservieren kann", bat er.

„Ich rufe an, sobald sie öffnen", versprach sie und machte sich eine Notiz.

„Vielen Dank. Heute Morgen keine Besucher, Piper. Ich muss eine Menge in meinem Kopf ordnen."

„Verstanden." Mit einem Lächeln stand sie auf und ging zur Tür. „Sag mir Bescheid, wenn du etwas brauchst."

„Mach ich", antwortete er, bereits abgelenkt durch eine Datei auf seinem Bildschirm.

Leise verließ Piper das Büro und kehrte an ihren Schreibtisch zurück. „Weißt du, an wen ich mich im L'Orangerie wenden muss, um einen Tisch für heute Abend zu bekommen?", fragte sie Sharon.

„Die Reservierungen werden dort einen Monat im Voraus vergeben. Der Einzige, der dir einen Platz besorgen könnte, ist Knox", riet Sharon.

„Knox? Den Sicherheitschef?", fragte Piper verblüfft.

„Ja. Knox hat ein breites Netz an Kontakten. Bevor Easton ihn überredete, bei Edgewater Industries zu arbeiten, arbeitete Knox im privaten Sicherheitsdienst und koordinierte die persönlichen Wachen für die einflussreichsten Prominenten und Geschäftsleute. Er kennt jeden. Und was noch wichtiger ist, jeder respektiert ihn."

Piper nickte, wählte seine Nummer und rief an.

„Alles in Ordnung, Piper? Noch mehr Nachrichten?", fragte Knox' schroffe Stimme sofort.

„Mir geht's gut. Danke, dass du dir Sorgen machst. Keine weiteren Nachrichten", antwortete sie schnell. „Ich rufe an, weil ich dich um einen Gefallen bitten möchte."

„Aber natürlich. Was kann ich für dich tun?"

„Es ist etwas kurzfristig, aber Mr. Edgewater möchte heute Abend einen Geschäftspartner in die L'Orangerie einladen. Ich weiß, es ist viel verlangt ..."

„Ich werde anrufen. Um wie viel Uhr?"

„Um sieben?"

„Ich werde mein Bestes tun." Ohne sich zu verabschieden, beendete er die Verbindung.

Piper lächelte Sharon an und hatte Verständnis für die schroffe Art des Mannes. „Er ist bei der Arbeit. Es hängt viel an Knox, nicht wahr?"

„Ja."

Sharons Blick schweifte zu ihrem Computerbildschirm und sie wechselte das Thema. „Lass uns über Computersicherheit reden."

Nachdem sie alle eingebauten Schutzmechanismen auf den Edgewater-Servern besprochen hatte, schloss Sharon mit einem letzten Ratschlag. „Wenn dir etwas komisch vorkommt, höre auf deine Intuition. Kontaktiere Knox und Belinda."

„Mach ich."

„Ich bin dann mal wieder weg. Wir telefonieren morgen, wenn du noch Fragen hast."

„Danke, Sharon."

Piper sah Sharon nach, die aus dem Zimmer eilte. Die Frau tat ihr leid. Ihr Stresspegel war deutlich wahrnehmbar. Ihren Mann Stück für Stück zu verlieren, musste ihr das Herz zerreißen. Piper wusste, dass es schon schwer genug für Sharon sein musste, sich von einem Job zu verabschieden, den sie jahrelang ausgeübt hatte. Sie schwor sich, der Frau zu helfen, die so schnell zu einer engen Freundin geworden war.

Piper organisierte das betriebsame Büro und vergrub sich in die Aufgaben, die sie vor den Sitzungen erledigen musste. Im Laufe des Vormittags meldeten sich mehrere Mitarbeiter für Besprechungen mit Easton an. Mit Geschick fand sie Lücken im Terminkalender ihres Chefs.

Als ihr knurrender Magen sie unterbrach, blickte Piper auf und sah, dass Eastons erste Besprechung in fünfundvierzig Minuten beginnen würde. „Hatte er überhaupt gefrühstückt?", fragte sie sich.

Piper beschloss, an seine Tür zu klopfen, um zu sehen, ob sie ihm etwas zu essen bringen konnte. Zwei Schritte weiter summte ihr Telefon. Ein Blick auf das Display ließ Pipers Herz noch ein bisschen höherschlagen.

Komm rein und schließ die Tür hinter dir ab. In meiner Wohnung gibt es Sandwiches.

Sie schritt durch die Tür, drehte das Schloss auf und ging durch die Zwischentür. Ein appetitanregender Duft empfing sie, als sie in sein vertrautes Heim trat. „Wow! Das riecht fantastisch."

„Der Sicherheitsdienst hat sie gerade durch den Hintereingang hochgebracht. Sie sind noch heiß vom Feinkostladen", lockte er sie. „Ich habe ein ganzes Sandwich bestellt. Die Hälfte gehört dir."

„Ich will dir nicht dein Mittagessen klauen", protestierte sie.

„Ich kann auf keinen Fall ein ganzes Baguette von DiMarco's essen. Komm, setz dich." Easton zog einen Stuhl an seiner Theke hervor und half ihr auf den Platz.

„Keine Meeresfrüchte", versprach er und wickelte das Wachspapier ab.

„Ich wollte gerade fragen, ob ich dir aus der Cafeteria ein Sandwich mitbringen kann", lachte sie, als er ein riesiges halbes Sandwich auf den Teller vor ihr legte. „Das kann ich nicht alles essen. Ein Halbes ist wie eine Mahlzeit für drei."

„Iss, was du magst", schlug Easton vor, während er sein Glas Eistee hob, um mit ihr anzustoßen.

In der Erwartung, dass er vergessen hatte, dass sie süßen Tee mochte, nahm Piper einen zaghaften Schluck. „Mmm! Das schmeckt wunderbar. Sag mir nicht, dass ich dich zum Süßen verführt habe."

„Du hast mich auf die süße Seite gelockt, aber ich bleibe bei meinem normalen Tee", antwortete er lächelnd.

Die Botschaft dieser Worte war nicht zu überhören. Piper spürte, wie ihr Herz in ihrer Brust flatterte. „Danke."

„Ich kümmere mich gern um dich. Iss etwas. Sag mir, was du von unserem kleinen Feinkostladen hältst."

Piper hatte das Gefühl, dass sie ihren Kiefer ausklappen musste, um einen Bissen zu nehmen. Sie hatten alles zwischen getoasteten Stücken köstlichen italienischen Brotes aufgeschichtet. Sie stöhnte vor Vergnügen über das schmackhafte Fleisch und die vielen Beläge.

„Gut, nicht wahr?", fragte Easton, bevor er selbst einen großen Bissen nahm. Ein Klecks scharfen Senfs fiel von seinem Brot und landete auf seinem Hemd.

„Gut, dass du hier wohnst. Du kannst dir ein frisches Hemd holen", stichelte sie, als er versuchte, den Fleck abzutupfen, was ihn nur noch schlimmer machte.

„Du hast ja noch gar keine Klamotten hier. Hier. Ich lege dir das um", wies Easton sie an, nahm eine große Stoffserviette und legte sie ihr um den Hals. Die Enden steckte er hinter ihrem Kopf in den Ausschnitt ihres Kleides. „Voilà! Gut geschützt."

„Danke." Piper strich sich die Serviette über die Brust, bevor sie einen weiteren Bissen nahm.

Sie aßen und unterhielten sich abwechselnd mit Zeiten angenehmer Stille. Piper spürte, wie sie sich entspannte, wie schon gestern Abend. Mit Easton zusammen zu sein, machte sie glücklich. Schließlich musste sie die Hälfte ihres Sandwiches einpacken. Sie konnte keinen weiteren Bissen mehr zu sich nehmen. Piper lächelte, als sie sah, wie Easton den letzten Bissen seines Sandwiches in den Mund steckte.

„Willst du den Rest von meinem essen?", fragte sie.

„Niemals. Ich würde während des Meetings in ein Fresskoma fallen. Stell es in den Kühlschrank", schlug er vor, während er aufstand. Als sie durch die Küche ging, zog Easton seine Krawatte ab und knöpfte das fleckige Hemd auf.

Piper drehte sich um und erstarrte. Sie hatte Easton schon öfter ohne Hemd gesehen, aber jedes Mal, wenn sie die Gelegenheit hatte, ihn zu studieren, war sie von seiner makellosen Figur überwältigt. In Hemd und Anzugjacke sah Easton unglaublich gut aus, aber ohne sie war er einfach umwerfend attraktiv.

Gabriel war eine starke Erscheinung gewesen. Seine schlanke Gestalt hatte Piper verblüfft und sie erregt. Dieser Bastard konnte nicht mit Eastons Körper mithalten, dessen reife Muskulatur von lebenslanger Fitness zeugte. Ihre Finger sehnten sich danach, seine Bauchmuskeln nachzufahren und der silbrig-schwarzen Haarsträhne zu folgen.

„Kleines Mädchen." Sein tiefer Tonfall forderte ihre Aufmerksamkeit. „Meine Augen sind hier oben."

Ihr Blick hob sich widerstrebend, um seinen zu erwidern. Begierde strahlte aus seinen grünen Augen und steigerte ihre Erregung. Piper presste ihre Schenkel zusammen und versuchte, die Nässe zu kontrollieren, die ihr Höschen benetzte.

„Ich kann nicht mit einer Erektion in die Besprechung gehen. Und wir haben auch keine Zeit, unsere Lust jetzt zu stillen", knurrte er und hielt eine Hand hoch, um sie daran zu hindern, weiter auf ihn zuzukommen. „Danach gehörst du mir."

Wagemutig ließ Piper ihren Blick noch einmal seinen Oberkörper hinunterwandern. Sein Schwanz drückte dick gegen den spitzen Reißverschluss seiner Hose. Es war nicht zu übersehen, dass Easton nicht nur in geschäftlichen Dingen begabt war. Ihr ungewolltes Lecken über die Lippen entlockte ihm einen etwas schmerzhaften Laut.

„Geh jetzt, Kleines."

Sie drehte sich um und flüchtete aus seiner Wohnung. Piper

schloss die Tür hinter sich und lehnte sich dagegen. Sie atmete aus und versuchte, ihr Herz davon zu überzeugen, nicht mehr so schnell zu schlagen.

Du bist im Büro. Reiß dich zusammen.

Selbst nachdem sie ein ernstes Wort mich sich selbst gesprochen hatte, wollte sie nur noch zurück in die Wohnung. Piper löste sich von der Hartholzplatte, schüttelte sich und schaltete gewaltsam in den effizienten Verwaltungsassistentenmodus. Sie richtete ihren Rock und ging aus Eastons Büro.

Fünfzehn Minuten bis zum Eintreffen des ersten Konferenzteilnehmers. Piper überprüfte noch einmal, ob sie den Konferenztisch mit allen von Easton angeforderten Materialien gedeckt hatte. Als sie feststellte, dass sie vergessen hatte, Stifte auf den Tisch zu legen, fand Piper schnell eine neue Schachtel im Vorratsschrank. Quietschende Räder signalisierten ihr, dass die Erfrischungen aus der Cafeteria eingetroffen waren. Die Hektik der letzten Details lenkte sie davon ab, den Anblick von Easton noch einmal in Gedanken durchzuspielen.

„Daryl! Ich bin froh, dass Sie es geschafft haben", begrüßte Easton den ankommenden Gast, als er aus seinem Büro trat. Er schüttelte dem gerade eingetroffenen Geschäftsmann die Hand.

Die anderen Versammlungsteilnehmer trafen in Trauben ein. Piper und Easton arbeiteten effizient zusammen, um allen einen Platz am Tisch zuzuweisen. Piper saß etwas hinter Easton, außerhalb des Blickfelds der anderen, aber nahe genug, um sich Notizen zu machen.

„Sehr geehrte Damen und Herren, ich danke Ihnen, dass Sie heute hier sind. Falls Sie meine neue Verwaltungsassistentin noch nicht kennen, das ist Piper." Easton reichte ihr eine Hand, als er sich Piper zuwandte.

Sein sanftes Zwinkern war nur für sie bemerkbar. Doch es reichte aus, um sie die ersten Sätze verpassen zu lassen, mit denen er die Sitzung begann.

KAPITEL 10

Piper saß auf dem Sofa in ihrer Wohnung und versuchte, nicht eifersüchtig auf die Konzernchefin zu sein, die Easton nach der langen Sitzung zum Abendessen ausführte. Sie trug ihr zu großes Schlaf-T-Shirt und erzählte Stanley, ihrem besten Freund auf der ganzen Welt, von ihrem Tag. Der Teddybär saß da und lauschte mit einem mitfühlenden Gesichtsausdruck allen Details, die sie ihm erzählte.

„Stanley, ich dachte, er würde mich auf dem Küchentisch vernaschen, aber jetzt ist er mit Ava Scalon zum Abendessen gegangen. Sie war sehr nett, aber im Moment hasse ich sie ziemlich."

Die Augen des Bären verfinsterten sich ein wenig und Piper wusste genau, was er dachte. „Ich weiß, es ist nicht in Ordnung, jemanden zu hassen. Aber ich will jetzt mit ihm zusammen sein." Piper ließ sich zurück in ihre Kissen fallen und verschränkte die Arme vor der Brust.

Als der geliebte Bär nicht antwortete, sah Piper aus den Augenwinkeln, um seinen Gesichtsausdruck zu lesen. Stirnrunzelnd gab sie zu: „Ich weiß. ich bin nicht fair. Sie hat nichts falsch gemacht. Easton hatte schon vor unserem brisanten Mittagessen beschlossen, sie zum Essen einzuladen."

Piper konnte nicht widerstehen und rief mit ihrem Handy die

Speisekarte des L'Orangerie auf. Sie war auf Französisch, mit englischen Erläuterungen und ohne Preise. Piper hatte noch nie irgendwo schick gegessen. Als sie sich die Website ansah, stellte sie fest, dass das französische Restaurant ein wenig einschüchternd wirken könnte. Auf einem Bild war der elegant gedeckte Tisch zu sehen. Glänzendes Silberbesteck umrahmte den Teller und Piper zählte drei Gabeln. *Was isst man mit jeder dieser Gabeln?* Vielleicht war es gut, dass Ava Scalon an ihrer Stelle dort war.

Aus Jux und Tollerei stellte sie eine Menüauswahl für sich selbst und eine für Stanley zusammen. „Du kannst die Escargots, das Boeuf Bourguignon und die Crème brûlée nehmen. Ich denke, ich nehme die Soupe a l'oignon gratinée, den Saumon und die Tarte aux fruits", verkündete sie mit einem falschen französischen Akzent, der in keinem französischsprachigen Land wiederzuerkennen gewesen wäre.

Während Stanley kicherte, ließ Piper ihr Handy auf die Couch fallen und lehnte sich zurück in die Kissen. Der Stress des Tages war wie weggeblasen, als sie die Gesellschaft ihres ältesten Freundes genoss.

„Danke, Stanley", flüsterte sie. „Das habe ich gebraucht."

Sie nahm den geliebten Teddybären in die Arme und umschlang ihn fest. Piper saß ein paar Augenblicke still da und versuchte, die Gefühle zu verstehen, die in ihr herumwirbelten. Sie hatte sich geschworen, sich von Männern fernzuhalten und hatte beschlossen, nie wieder einem Daddy zu vertrauen. Easton hatte ihren Plan durchkreuzt.

„Ich schätze, ich war so in die Fantasie eines Vaters vertieft, dass ich mich in den Erstbesten verguckt habe, der mich gefunden hat. Das war nicht gerade klug von mir, Stanley. Ich hätte es besser wissen müssen", sagte sie ihrem Freund vertraulich.

„Was soll ich mit Easton machen?"

Piper musterte die Miene ihres Freundes. Stanley schien ihr aufmerksam zuzuhören. *Bilde ich mir das nur ein, oder?* Sie hielt den Atem an und suchte instinktiv nach einem Geräusch oder einer Bedrohung. Hatte Gabriel sie gefunden?

Ein leises Klopfen ertönte an der Tür.

„Nein!" schrie Piper in ihrem Kopf. Leise stand sie auf, Stanley fest an ihren Körper gepresst. Sie schnappte sich ihr Telefon und schlich zur Tür. Piper hielt den Atem an, als sie sich nach vorne beugte, um durch das Guckloch zu spähen. Die Luft entwich ihrer Lunge.

„Easton!", rief Piper, während sie mit dem Schloss und der Türklinke kämpfte. Sie stürmte in den Flur, fiel ihm in die Arme und legte ihren Kopf auf seine Schulter.

„Pst, Kleines. Ich wollte dich nicht erschrecken. Es ist alles in Ordnung. Daddy ist hier", sagte er leise, strich mit seinen Händen über ihren Rücken und hielt sie eng an sich gedrückt.

Piper drückte sich an ihn und spürte, wie sich ihr Herzschlag verlangsamte, während sie seine Wärme in sich aufnahm. Sie atmete den maskulinen Duft ein, der nur Easton gehörte. Nach einigen Sekunden lehnte sie sich verlegen zurück.

„Entschuldigung. Ich bin so froh, dich zu sehen. Solltest du nicht bei deinem Abendessen sein?", fragte sie.

„Es muss dir nie leidtun, deinen Daddy zu sehen." Easton zog sie wieder an sich und drückte ihr einen Kuss auf den Kopf, während er sie an sich drückte.

Dann trat er einen Schritt zurück, lächelte sie an, nahm ihre Hand und führte sie zurück durch die Wohnungstür. Mit der freien Hand schloss Easton die Tür und verriegelte sie. „Komm, setz dich", forderte er sie auf und zog sie sanft zu dem Plüschsofa, um sie auf seinen Schoß zu nehmen.

„Ich könnte mich neben dich setzen", flüsterte sie und drückte Stanley an sich.

„Das könntest du, aber ich habe die ganze Zeit darauf gewartet, zu dir zu kommen. Ich muss dich in meiner Nähe haben. Wer ist das?", fragte er und strich mit dem Finger über das Fell des Teddys.

„Stanley", quietschte sie. „Er ist mein bester Freund."

„Hallo, Stanley. Ich freue mich sehr, dich kennenzulernen. Ich bin froh, dass du mit Piper hier bist."

„Warum bist du hier?", fragte sie und blickte zu ihm auf.

„Ich wollte nirgendwo anders sein. Ich hatte gehofft, du würdest heute Nacht vielleicht bei mir übernachten."

„Ich bin keine einfache Nummer", sagte sie abwehrend.

„Das ist gut. Ich bin auch nicht leicht zu haben. Ich bin schon sehr lange auf der Suche nach meiner Kleinen. Vor zwei Jahren beschloss ich, mit keiner zu schlafen, die ich nicht für immer als meine betrachten konnte. Ich wusste, dass ich dich entweder finden würde oder du bei mir landen würdest. Ich wollte frei sein, damit wir uns ein gemeinsames Leben aufbauen können."

„Unser gemeinsames Leben", wiederholte sie.

„Ja, Piper. Ich bin der festen Überzeugung, dass wir im Leben einen Seelenverwandten haben. Ich dachte, ich hätte meinen schon zweimal gefunden, aber wir wussten beide schnell, dass es nicht richtig war."

„Du glaubst, ich bin die Richtige?"

„Das tue ich. Kannst du dir mich als deinen Daddy vorstellen?", erkundigte er sich.

„Ja. Aber ich habe Angst."

„Ich weiß. Wenn ich in der Zeit zurückgehen und dich finden könnte, bevor der falsche Daddy dich verführte, würde ich … nun, ich würde Edgewater Industries und alles, was ich besitze dafür geben", gestand er und strich ihr eine Haarsträhne hinters Ohr.

„Du kennst mich noch nicht lange."

„Wie lange hattest du Stanley, bevor du ihn geliebt hast?", fragte Easton.

„Ungefähr zwei Minuten", gab Piper zu.

„Ich habe dich etwas länger als zwei Minuten in meinem Leben, und ich habe vor, dich so zu lieben, wie du Stanley liebst. Darf ich dir zeigen, wie ein echter Daddy sich um sein kleines Mädchen sorgt?"

Wagemutig presste sie ihre Lippen auf die von Easton. Sie musste sicher sein, dass sie sich die Verbindung, die sie vorhin mit dem ansehnlichen Mann gespürt hatte, nicht nur eingebildet hatte. Eastons Mund bewegte sich sanft unter ihrem und drückte ihre Lippen auseinander. Piper reagierte sofort auf seine stumme Aufforderung, fuhr mit den Fingern durch sein dichtes Haar und rutschte näher heran.

„Mmm! Kleines, du schmeckst so süß", machte Easton ihr ein Kompliment, bevor er ihr weitere Küsse aufdrückte.

Er lenkte sie völlig von allen Sorgen ab und erkundete ihren

Körper mit einer andauernden Liebkosung, als würde er es hassen, eine süße Rundung zu verlassen, um die nächste zu probieren. Easton ließ sie mit dem Rücken auf die weichen Kissen des Sofas nieder, um sich schützend über sie zu legen. Piper sonnte sich in seiner Aufmerksamkeit und fühlte sich schöner als je zuvor.

Als er seine Hand hob, um über ihren Brustkorb zu fahren, atmete Piper scharf ein. „Bitte", flüsterte sie, unfähig, ihr Flehen zu kontrollieren.

„Bist du bereit, mir zu gehören, Kleines?", fragte er, strich ihr das Haar aus dem Gesicht und küsste ihre empfindliche Halsbeuge, als er ihren Wunsch aussprach.

Er umfasste ihre Brust und strich mit dem Daumen über ihre sensible Brustwarze. Der Schauer, den seine Berührung auslöste, wanderte direkt in ihren Schoß. Piper hob ihren Unterkörper in seine Wärme und erstarrte angesichts der dicken Erektion, die sich in die weiche Haut ihres Bauches presste. Instinktiv drückte sie ihr Becken gegen seinen Schwanz und spürte, wie sich die Nässe zwischen ihren Beinen ausbreitete. Sie wollte ihn.

Ein scharfes Zwicken fuhr durch ihren Kitzler, als sie seinem Blick begegnete. Die Hitze, die sich in diesen herrlichen grünen Augen widerspiegelte, faszinierte sie. Sie brauchte ihn.

„Beantworte die Frage, Kleines." Seine Stimme war purer Samt über Stahl.

Piper hatte Mühe, sich an die Frage zu erinnern, die er ihr gestellt hatte und schaute ihn völlig verwirrt an.

„Bist du bereit, mir zu gehören?"

Sie nickte, ohne darauf zu warten, dass ihr Kopf eine Entscheidung traf. Die Worte kamen ihr über die Lippen. „Bitte, Easton!"

Ohne ein weiteres Wort zu verlangen, erhob sich Easton vom Sofa und nahm sie schnell in seine Arme. Er trug sie in ihr zerwühltes Schlafzimmer und legte Piper sanft auf das Bett. Er lehnte sich zurück, umfasste seine Erektion und streichelte sie vom Ansatz bis zur Spitze, bevor er langsam seinen Gürtel ablegte.

Piper sah zu, wie er das Leder aus seiner Hose zog. Eine Fantasie blitzte in ihrem Kopf auf, als sie sich vorstellte, wie Easton dieses Accessoire benutzte, um ihr Fehlverhalten zu korrigieren. Als er den

Gürtel neben ihr auf das Bett legte, starrte sie ihn sekundenlang an, während ihr das Bild von ihr, wie sie über dem Bett lag und ihre Beine über die Matratzenkante baumelten, während er sie damit gründlich versohlte, durch den Kopf ging.

„Warst du ungezogen, Piper?" Seine tiefe Stimme bahnte sich ihren Weg durch ihre Fantasie.

Erschrocken sah sie zu ihm auf und schüttelte schnell den Kopf. „Nein, Daddy. Ich bin sehr brav gewesen. Ich verspreche es."

Easton beugte sich vor, schob eine Hand unter ihren Kopf und zog ihre Lippen zu einem harten Kuss auf seine. Seine Finger krallten sich in ihr Haar und zerrten daran, was ihr einen kurzen Schmerz versetzte, der die Hitze zwischen ihren Schenkeln verstärkte. „Daddy weiß, dass kleine Mädchen Führung brauchen, um sich richtig zu benehmen."

Seine Hand strich an ihrer Seite hinunter und glitt zwischen ihrem Körper und der weichen Bettdecke hin und her. „Ich werde nicht davor zurückschrecken diesen Hintern zu versohlen, mit der Hand, dem Gürtel oder vielleicht mit einem anderen Hilfsmittel?", schlug er vor.

Als ihr Blick von seinem Gesicht zurück zu dem Ledergürtel neben ihr wanderte, flüsterte Piper: „Ich werde versuchen, brav zu sein, Daddy."

„Das ist mein Mädchen", lobte er sie, als er sich wieder erhob.

Sofort vermisste sie seine Wärme. Piper stützte sich auf ihre Ellbogen, als seine Finger geschickt sein knackiges Hemd aufknöpften. Sie wollte sich aufsetzen, ließ sich aber wieder zurückfallen, als Easton den Kopf schüttelte. „Ich möchte helfen", protestierte sie.

„Du hast dazu aber keine Genehmigung, Kleine."

Die Antwort war unmissverständlich. Eastons Stimme hatte eine Kraft und Macht, der sie nicht widerstehen konnte. Er hatte das Sagen.

Sie konzentrierte sich auf die gebräunte Haut, die sich mit dem Lösen jedes einzelnen Knopfes vor ihr ausbreitete. Piper wusste, was sich unter der Berufskleidung verbarg. Als der Drang, ihn zu berühren, zu groß wurde, krallte sie ihre Finger in den weichen Stoff unter ihr. Als er die Enden des Hemdes aus dem Hosenbund zog und sich aus dem Stoff befreite, verschlang sie seinen Oberkörper aus der Ferne.

„Braves Mädchen", lobte er und lenkte ihre Aufmerksamkeit von seiner Brust ab.

„Ich versuche, deinen Anweisungen zu folgen."

„Danke, Piper. Ein braves Kleines verdient Belohnungen", sagte er mit einem wissenden Lächeln. Easton öffnete den Knopf seiner Hose und ließ den Reißverschluss nach unten gleiten.

Piper starrte auf die dicke Schwanzspitze, die sich aus dem Hosenbund schob, und leckte sich vor Vorfreude unwissentlich die Lippen. Sein antwortendes Stöhnen auf halbem Weg durch ihre unbewusste Handlung ließ sie ihre eigene Reaktion bemerken. Sie blickte zu ihm auf und hielt seinem Gesichtsausdruck stand, während sie die Bewegung absichtlich beendete. Piper liebte das Verlangen, das sich in seinen Augen widerspiegelte und ihr zeigte, dass sie ihn ebenfalls erregen konnte.

Als Easton sich die Hose von den Hüften schob, riss sie ihre Aufmerksamkeit von seinem Gesicht los und sah zu, wie der Stoff an seinen Oberschenkeln hinunterrutschte und zu seinen Füßen zu einer Pfütze wurde. Unfähig zu widerstehen, verfolgte sie mit ihrem Blick seine harte Erektion. Piper hielt den Atem an, als er seine Finger in den Bund seiner engen Boxershorts steckte und sie über die Spitze seines Schafts hob. Ihre Spannung stieg, als er seine Unterwäsche über seine Hüften und seine Beine streifte.

Fasziniert von dem Gesamtbild, das Easton bot, als er stolz dastand und zuließ, dass ihr Blick über seinen Körper wanderte, fühlte sich Piper gebannt. Als er sich bewegte und ihren Blick störte, kam ein Protestlaut über ihre Lippen.

„Bald, Kleines", versprach er, als er aus seinen Schuhen und Hosen stieg. Easton beugte sich vor und zog seine Socken aus. Er schob seine Kleidung zur Seite und näherte sich dem Bett. Nachdem er ein kleines Päckchen unter den Rand des Kissens gesteckt hatte, strich er mit den Fingern durch ihr Haar.

„Jetzt bist du dran, Kleines." Easton nahm Piper in seine Arme und setzte ihre Füße sanft auf dem Boden ab. Er strich mit den Händen über ihre Oberschenkel, erfasste den Saum ihres Nachthemdes und hob es langsam über ihre Hüften.

Sein Blick hielt ihren fest. Piper fröstelte, als sich das übergroße Kleidungsstück hob. Seine Hände streichelten über ihren Brustkorb und ließen die Luft in ihrer Lunge gefrieren. Easton trat näher und drückte seinen Unterkörper gegen den ihren. Die Luft strömte zurück in ihre Lungen, als sie spürte, wie sein Schwanz sie intim umspielte, während er das Hemd langsam nach oben zerrte.

„Heb deine Arme, Piper."

Als sie seinen Anweisungen folgte, streifte er ihr das Kleidungsstück über den Kopf und ließ es auf den Boden fallen. Easton ließ seine Hände über ihre Arme gleiten, um ihren automatischen Instinkt zu unterdrücken, ihren Körper zu bedecken. „Lass mich dich ansehen, Piper. Ich will mein schönes Baby sehen."

Piper richtete sich auf, erregt von dem Hunger, der sich auf seinem Gesicht abzeichnete. Seine Hand hob sich von ihrem Unterarm, um eine Linie von ihren Lippen über ihren Hals zu ziehen. Er drückte einen warmen Kuss auf die empfindliche Stelle, wo ihr Hals und ihre Schulter ineinander übergingen. Als er sich erhob, wandte Easton seinen Blick nach unten, fuhr mit den Fingerspitzen über die Schwellung ihrer Brust, umkreiste ihre Brustwarze und beobachtete, diese noch härter wurde.

„Daddy, bitte!", flüsterte sie.

„Lass mich dich schmecken", antwortete er, bevor er die knospige Spitze in seinen Mund nahm und sie zwischen seinen Lippen rollte. Er stützte sie mit einer Hand, die sich um ihre Seite legte, als sie sich ihm entgegen wiegte.

Die Hitze seines Mundes umgab sie, als er ihre Brustwarze in seinen Mund nahm. Seine Zunge strich über die zarte Spitze, dass ihr die Knie weich wurden. Piper klammerte sich an seine Schultern, während sich ihr Unterkörper ihm entgegenwölbte. Sie liebte das Gefühl, wie sich sein Schwanz gegen die weiche Wölbung ihres Bauches drückte.

„Schlaf mit mir, Daddy", flehte sie, als er seinen Kopf von ihrer Brust hob.

„Genau das werde ich tun, kleines Mädchen. Ich habe nicht vor, es zu überstürzen." Er drehte sich um und führte sie das Stückchen zum Bett. Easton warf die Decke auf und kroch auf das Bett, während sie versuchte, sich den Anblick seines muskulösen Hinterns einzuprägen.

Easton schob die Kissen so, dass sie sich an das Kopfende des Bettes lehnten. Er klopfte sich auf die Oberschenkel, bevor er seine Hände ausstreckte, um sie einzuladen, sich zu ihm zu setzen. „Komm schon, große Augen. Komm, setz dich auf Daddys Schoß."

Als sie seiner Aufforderung folgte, lotste Easton sie so, dass sie rittlings auf ihm saß. Er küsste sie hungrig auf den Mund und strich über die Außenseite ihrer Oberschenkel, bevor er mit den Fingerspitzen leicht an der Innenseite ihrer Beine hinauffuhr. Automatisch versuchte Piper, ihre Knie zusammenzuziehen, aber sein Körper blockierte ihre Bewegung. Sie sah zu, wie Easton seine Finger anhob, die mit feuchter Nässe bedeckt waren.

„Du bist so gefügig, Kleines", lobte er sie. „Ich glaube, du brauchst eine Belohnung, nicht wahr?"

Piper nickte schnell, gespannt darauf, was seine Belohnung sein würde. Sie quietschte auf, als sich seine Schenkel unter ihr auseinander bewegten und ihre ebenfalls weiteten. Easton fingerte sie zärtlich. Er ließ sich Zeit und erkundete langsam ihre rosafarbenen Lippen, während er nach ihren besonderen Lustpunkten suchte. Sobald er einen gefunden hatte, experimentierte er mit verschiedenen Arten von Berührungen, bis sie sich auf seinem Schoß krümmte.

Während die Empfindungen sie überwältigten, schloss Piper die Augen, während sie seine leicht behaarte Brust streichelte und die Muskeln seines Oberkörpers und seiner Arme nachzeichnete. Als Easton einen Finger tief in ihr Inneres drückte, schrie Piper auf, als ihr Körper sich um den Eindringling schloss. Pures Vergnügen explodierte in ihr, als Easton die gerade entdeckten Lustpunkte weiter stimulierte.

Allmählich ließ er seine Berührungen sanfter werden, damit sich die Ekstase legen konnte. Als sie endlich wieder denken konnte, öffnete sie blinzelnd die Augen und starrte in die seinen. Er sah sie mit einem Ausdruck an, den sie noch nie gesehen hatte. Sexuelles Verlangen mischte sich mit Verzauberung, als wäre er über ihre Reaktion erfreut. Ihr Höhepunkt hatte auch ihm Vergnügen bereitet.

Piper beugte sich vor und presste ihren Mund auf seinen. Ihre Zunge rang mit seiner, als sie ihn dazu herausforderte, sie ganz und gar zu lieben. Zu ihrer Freude schlang Easton seine Arme fest um sie und drehte ihre Körper, sodass sie unter ihm gefangen war.

„Ich muss in dir sein, Piper", flüsterte er gegen ihre Lippen.

Piper nickte eifrig und schob ihre Hand unter das Kissen, um das Kondom zu holen, das er zuvor dort platziert hatte. „Kann ich helfen?"

„Du kannst Daddy später anfassen, Kleines", antwortete er kopfschüttelnd und kniete sich über sie.

Enttäuscht hielt sich Piper an seinem Versprechen fest, ihr später die Erlaubnis zu geben und starrte mit offenen Augen auf seinen Körper, der auf ihr lag. Ihre Hände streichelten seine kräftigen Oberschenkel, als er das kleine Päckchen aufriss. Ihr stockte der Atem, als er mit seiner Hand von den Eiern zur Spitze seines Schwanzes strich. Der erotische Anblick, wie er sich selbst berührte, heizte die ohnehin schon lodernde Hitze in ihrem Inneren weiter an.

Von der dünnen Schutzschicht umhüllt, spreizte Easton ihre Schenkel und setzte die Spitze seines dicken Schafts an ihre Öffnung. Langsam bahnte er sich seinen Weg in sie und sorgte dafür, dass Pipers Körper Zeit hatte, sich zu dehnen. Als sie versuchte, sich ihm entgegenzustemmen, um den Vorgang zu beschleunigen, verankerte Easton sie mit einer festen Hand, die er gegen die Wölbung ihres Bauches drückte, auf dem Bett. Dass er sie festhielt, steigerte ihre Erregung.

Er hatte die Kontrolle.

Als sein Becken auf das ihre traf, beugte sich Easton über sie und drückte ihr harte Küsse auf die Lippen. „Du fühlst dich so gut an, Piper."

Erfreut über das Kompliment, wand sie sich unter ihm, was ihnen beiden ein Stöhnen entlockte. Easton zog sich aus ihrer Hitze zurück und stieß wieder in sie hinein, um gegen die versteckte Knospe am oberen Ende ihres Geschlechts zu fahren. Seine anfänglich langsamen Bewegungen wurden schneller, als sie ihre Beine um seine Taille schlang, um sich an ihn zu ziehen, während er in sie stieß.

Ihre Körper verschmolzen in einem natürlichen Rhythmus. Der

Schweiß sammelte sich auf ihrer Haut und ließ sie aneinander gleiten. Piper atmete tief ein. Sie liebte Eastons heißen, erregten, maskulinen Duft. Aus einem Impuls heraus schmeckte sie die Haut seines Halses, indem sie mit ihrer Zunge an seinem Nacken entlangfuhr. Als er sich ein wenig tiefer vorwölbte, wusste sie, dass sie eine seiner empfindlichen Stellen gefunden hatte. Piper knabberte leicht an seinem Hals und zuckte bei dem leisen Stöhnen, das aus seiner Kehle drang, glücklich zusammen.

„Du spielst mit dem Feuer, Kleines", knurrte er leise in ihr Ohr.

Sie antwortete mit verstreuten Kniffen und Küssen auf seiner Haut, während sie erforschte, wie sie ihm mehr Vergnügen bereiten konnte. Seine Hand glitt unter ihren Po und kippte ihr Becken leicht, während er ihr Inneres penetrierte. Piper keuchte, als ein Kribbeln zwischen ihren Schenkeln aufstieg. Seine Stöße drückten nun direkt auf ihren Kitzler. Als er seine Hüften kreisen ließ, um sich an ihrem Körper zu reiben, explodierte sie um ihn herum.

„Ahhh!", entkam es ihrem Mund, während ihre Hüften seinen Berührungen folgten. Zu ihrer Freude hielt Easton inne, während er tief in sie eindrang und diese kreisende Bewegung mehrmals wiederholte. Als es ihr zu viel wurde, grub sie unbewusst ihre Fingernägel in seine breiten Schultern. Easton änderte seine Vorgehensweise und stieß in kürzeren Abständen in sie hinein und wieder heraus.

Als sie sich etwas erholt hatte, strich Piper über seine Brust und presste Küsse auf seine salzige Haut. „Mehr, bitte", flüsterte sie. „Komm mit mir."

Sein Mund nahm ihren in einem tiefen Kuss gefangen, bevor er antwortete: „Diesmal zusammen."

Easton drang tief in ihren Körper ein und steigerte das Tempo. Hitze sammelte sich um sie, als sich ihre Körper aneinanderpressten. Alles trat in den Hintergrund, während sich ihre Welt um sie herum verengte. Während Easton über ihr schwebte, liebkoste Piper ihn und genoss das Gefühl seiner verkrampften Muskeln unter ihren Fingerspitzen.

Sie spürte, wie sich ihr Höhepunkt näherte, als dieses köstliche Kribbeln zwischen ihren Beinen aufstieg. Piper strich mit ihren

Händen über seine Pobacken, während sie sich gegen sein Becken drückte. „Jetzt, Daddy. Jetzt!"

„Zusammen, Kleines", befahl er und beschleunigte sein Tempo noch mehr.

Mit einem Schrei kam Piper heftig und krampfte sich um seinen dicken Schwanz. Sie liebte sein entgegenkommendes Stöhnen, als er tief in ihren Körper stieß. Als sie sein Pochen in sich spürte, ging ihr kurz der Wunsch durch den Kopf, seine Haut ganz an ihrer zu spüren. Bald schon. Piper überließ sich der Kaskade von Gefühlen und Empfindungen, die sie überfluteten.

Später, als sie an seine Brust geschmiegt dalag, drückte Piper ihre Daumen und hoffte mit letzter Kraft, dass dieser erstaunliche Mann in ihrem Leben bleiben würde.

„Pst, Kleines. Genug nachgedacht für heute. Schlaf jetzt", befahl seine tiefe Stimme.

Ohne zu protestieren, kuschelte sie sich enger an ihn und schloss ihre Augen. Als sie in seinen Armen in den Schlaf sank, genoss Piper die süßen Träume, die aus Vergnügen und Sicherheit entstanden.

KAPITEL 11

Mit seinem Guten-Morgen-Kuss noch auf den Lippen, schminkte sich Piper. Sie hatte so gut geschlafen wie noch nie, seit sie Gabriel verlassen hatte. Eastons Anwesenheit schützte sie vor all den anhaltenden Albträumen und schlechten Gedanken. Piper lächelte ihr Spiegelbild an. Wem wollte sie etwas vormachen? Easton machte alles fantastisch.

Er war an diesem Morgen gegangen, nachdem er sie in den Arm genommen hatte, um ihr zuzuflüstern, wie froh er war, sie gefunden zu haben. „Du hast mir gestern Abend gefallen, Kleines."

Sein Lob hallte in ihrem Kopf nach, nachdem er gegangen war, um sich umzuziehen. Mit einem Klicken schloss sie ihre Wimperntusche und betrachtete sich im Spiegel. *Was passiert, wenn er beschließt, dass er mich nicht mehr will?*

In ihren Adern schien Pipers Blut eiskalt zu werden. Eine Romanze am Arbeitsplatz könnte schreckliche Folgen haben. Eine Affäre mit dem Vorsitzenden der Firma zu haben, könnte der dümmste Fehler in der Geschichte der Fehltritte sein. Machte sie gerade einen großen Fehler?

Piper drehte sich um und ging ins Schlafzimmer. Easton hatte ihr Bett gemacht, als sie auf die Toilette gegangen war. Als sie am Fußende des Bettes stand, bemerkte sie, dass er ihr süßes Stofftier unter die Decke geschoben hatte, den Kopf auf einem Kissen ruhend. Sie schlang ihre Arme um sich.

Piper schüttelte die negativen Gedanken aus ihrem Kopf und schwor sich, Easton nur nach seinen eigenen Taten zu beurteilen. *Er ist mit Gabriel unvergleichbar.* Piper spürte, wie sie wieder lächelte und trat an ihren Kleiderschrank, um ihre Kleidung für den Tag sorgfältig auszuwählen. Sie wollte besonders gut für den Mann aussehen, der ihr schon jetzt so viel bedeutete.

In nur wenigen Minuten war sie aus ihrer Wohnung gestürzt. Piper erwischte den Aufzug gerade noch, als er sich zu schließen begann, quetschte sich durch die Türen und begrüßte die Frau darin. „Hallo, Regina, richtig?", vergewisserte sie sich, ob sie sich ihren Namen richtig gemerkt hatte.

„Ja! Und du bist Piper. Guten Morgen. Du siehst heute Morgen rosig und erfrischt aus."

Piper versuchte nicht zu erröten und wechselte das Thema. „Ich habe dich seit dem Einzug nicht mehr gesehen. Du musst dich wirklich daran halten, die Treppe zu nehmen."

„An den meisten Tagen bin ich wirklich gut. Aber heute bin ich mit einer Kein-Bock-Attitüde aufgewacht."

„Igitt. Die hatte ich auch schon - fast jeden Montag!" Piper lachte.

„Ich bin froh, dass ich nicht die Einzige bin."

Piper winkte Regina zum Abschied zu, als sie sich auf den Weg in ihre jeweiligen Büros machten und hoffte, dass sie die andere Frau ein wenig aufgemuntert hatte. Sie wollte, dass sich alle so gut fühlten wie sie. Begierig, Easton wiederzusehen, ging Piper schnell durch den Gartenbereich zum Turm A.

Als sich die Fahrstuhltüren zu ihrem Büro öffneten, trat Piper mit einem Lächeln heraus, bereit, Easton einen guten Morgen zuzurufen. Das Stimmengewirr in Eastons Büro ließ ihren Gruß verstummen. Piper verstaute ihre Handtasche und setzte sich, um ihren Computer zu starten. Als er sich hochgefahren hatte, kochte sie zwei Tassen Kaffee, wobei sie in eine einen kräftigen Schuss Honig gab, und brachte sie in Eastons Büro.

„Guten Morgen, meine Herren", zwitscherte sie, als sie ihren Auftritt bemerkten.

„Danke, Piper", sagte Knox mit einem Lächeln. „Und danke für den Kaffee." Er nahm die Tasse entgegen, nahm einen großen Schluck und stöhnte vor Vergnügen über das koffeinhaltige Gebräu.

„Piper", begrüßte Easton sie mit einem warmen Lächeln. Er nahm ihr den Kaffee aus der Hand und legte seinen Arm um ihre Taille, um sie näher an seinen Stuhl zu ziehen. „Wir sprechen über Gabriel Serrano. Ich möchte, dass du weißt, was los ist." Er stellte die Tasse auf seinem Schreibtisch ab und zog sie auf seinen Schoß.

Automatisch versuchte sie, sich ihm zu entziehen. *Sicherlich sollte ich nicht auf seinem Schoß sitzen, in seinem Büro... mit einem Kollegen!*

„Bleib hier, kleines Mädchen. Ich muss dich festhalten", korrigierte er sie und schlang seine Arme um sie.

„Aber ..." Piper sah Knox bedeutungsvoll an.

„Knox weiß, dass du meine Kleine bist. Das ist in Ordnung."

„Wirklich?" Piper sah Knox erstaunt an. „Woher weißt du das?"

„Daddys erkennen einen Little, wenn sie das Glück haben, einen zu treffen, Piper. Ich verspreche, dass ich dein Geheimnis niemandem verraten werde. Du kannst entscheiden, wer es wissen muss. Als Sicherheitchef beschütze ich alle geschätzten Kleinen, die in den ABC-Türmen arbeiten oder leben."

„Du ... Du bist ein Daddy?", fragte sie zögernd.

„Das bin ich."

„Hast du ein Little-Mädchen?"

„Ich weiß, wer meine Little ist. Sie ist noch nicht bereit für meine Fürsorge", teilte er mit.

„Aber das wird sie in Zukunft sein?", fragte Piper. Als die Worte ihren Mund verließen, winkte sie mit einer Hand zwischen ihnen hin und her. „Ich hätte nicht fragen sollen."

„Ihr Leben ist jetzt in Aufruhr. Ich werde da sein und die Scherben aufsammeln."

Piper nickte. Easton hatte ihr in so kurzer Zeit ungemein geholfen. Das wünschte sie sich auch für Knox' Little.

„Was ist denn los?", fragte sie und beugte sich vor, um Easton Kaffee zu klauen. Sie nahm einen großen Schluck und reichte ihn zurück.

Easton schmunzelte über ihren Getränkediebstahl und umarmte

sie enger. „Knox' Männer haben heute früh einen Besucher angehalten. Sein Ausweis wies ihn als Gabriel Serrano aus. Er wollte dich sehen."

„Er weiß, wo ich bin? Kann er rein?", fragte sie schnell, während sie sich an Eastons Kraft kuschelte.

„Die Wachen haben ihn nicht auf das Gelände gelassen. Sie haben ihn angewiesen, das Gelände zu verlassen und nach ein paar scharfen Worten hat er sich gefügt", sagte Knox gleichmütig.

„Bin ich hier sicher? Muss ich mir woanders einen neuen Job suchen?", fragte Piper.

„Du wirst nirgendwo hingehen. Meine Anwälte arbeiten an einer einstweiligen Verfügung, um ihn fernzuhalten", versicherte Easton ihr.

„Daran wird er sich nicht halten." In Pipers Kopf wirbelten all die Dinge herum, die sie Gabriel hatte tun sehen. Wenn er sich einmal etwas in den Kopf gesetzt hatte, gab es kein Zurück.

„Du bist hier sicher. Sieh dir Knox an. Glaubst du, er wird einen Kriminellen durch das Tor gehen lassen?" Easton deutete auf den großen Mann, der auf der anderen Seite des Schreibtischs starrte.

„N-nein", gab sie zögernd zu.

„Du kannst auch entschieden Nein sagen", schlug Knox vor.

„Er ist hinterhältig", warnte sie.

„Und wenn schon", wiederholte Knox.

„Du kannst nicht jeden aufhalten", betonte Piper.

„Das werden wir sehen."

Schweigen erfüllte den Raum, während die Männer darauf warteten, dass sie Knox' Versprechen verarbeitete. Nach einigen langen Sekunden hob Easton seine Kaffeetasse an die Lippen und nahm einen Schluck. Nachdem er sie zum Toast auf Knox gehoben hatte, bot er sie Piper an. Noch immer in Gedanken versunken, nahm Piper sie automatisch an und nippte an dem heißen Gebräu.

„Okay", sagte sie schließlich.

„Knox glaubt, dass er dein Handy ortet. Würdest du ihm dein Handy für ein paar Stunden überlassen, damit ein Experte es sich ansehen kann?", fragte Easton.

„Ja, natürlich." Piper rappelte sich auf und eilte aus dem Zimmer, um ihr Handy aus der Handtasche zu holen. Nachdem sie es Knox übergeben hatte, ließ sie sich abwesend auf Eastons Schoß zurückfallen.

„Danke, Piper. Easton, ich melde mich wieder." Knox erhob sich und verließ das Büro.

Easton stellte seine Kaffeetasse zurück auf den Schreibtisch und wandte seine volle Aufmerksamkeit Piper zu. „Und jetzt, meine Kleine, gib mir einen schnellen Kuss, bevor mein Meeting in zwei Minuten beginnt."

Sie blickte hinter sich und sah, wie die Bildschirme aufleuchteten und anzeigten, dass jemand darauf wartete, mit der Besprechung verbunden zu werden. „Ups. Tut mir leid." Sie presste ihre Lippen auf die von Easton. Als sie sich von ihm löste, glitt seine Hand durch ihr Haar und umfasste ihren Hinterkopf. Er hielt sie fest und küsste sie ausgiebig. Als er sie losließ, waren sie beide außer Atem.

„Geh, Kleines", wies er sie an und zog ein Taschentuch aus seiner Tasche, um ihren Lippenstift von seinem Mund zu wischen.

„Hier", sagte sie und nahm das weiche Tuch von ihm, um den letzten Rest von Rosa aus einem seiner Mundwinkel zu wischen.

Mit einem fröhlichen Winken verließ sie den Raum. Sekunden später hörte sie, wie Easton alle begrüßte und sich für die kurze Verzögerung entschuldigte. Sie warf einen Blick auf die Uhr, um festzustellen, dass die Sitzung ein wenig später als gewöhnlich begonnen hatte. Piper spürte, wie sich ihre Lippen zu einem erfreuten Grinsen verzogen. Easton hielt einen Kuss von ihr für wichtiger als das tägliche Treffen mit der Geschäftsführung.

Der Vormittag verging wie im Flug. Kaum war ein Meeting zu Ende, begann das nächste. Als sie von ihrer Mittagspause zurückkam, stellte Piper fest, dass Eastons Tür geschlossen war. Sie stellte das Sandwich, das sie ihm zum Essen mitgebracht hatte, in den Kühlschrank, in dem immer Flaschen mit kaltem Wasser standen. Piper nahm sich eine, kehrte an ihren Schreibtisch zurück und kramte in ihrer Handtasche nach ihrer Packung rezeptfreier Schmerztabletten.

Sie steckte sich zwei in den Mund und spülte sie mit der kühlen Flüssigkeit hinunter.

Piper presste eine Hand auf ihren Bauch und verfluchte den Beginn ihrer Periode. Morgen würde sie Tampons kaufen müssen. Als sie sich die Gänge in der Betriebsapotheke ausmalte, dachte Piper, dass sie die dort zur Not auch haben würden. Auf ihrem Weg zu den ABC Towers war sie durch eine Stadt gefahren, von der sie wusste, dass sie ein Einzelhandelsgeschäft hatte. Sie hatte es sich damals für den Fall eingeprägt, dass sie diverse Vorräte brauchte.

Die Medikamente linderten die meisten Schmerzen, aber am Ende des Tages würde sich Piper am liebsten mit einem Heizkissen auf dem Bauch zusammenrollen. Mit einem Stöhnen fiel ihr ein, dass sie nicht daran gedacht hatte, eins mitzunehmen. Sie würde eins kaufen müssen. Die Wärme auf ihrem Bauch linderte die Krämpfe ungemein.

„Knox hat mich gebeten, dir das zu bringen", meldete Petes sanfte Stimme und rüttelte ihre Gedanken wieder ins Büro.

„Danke!" Piper nahm das Mobiltelefon mit einem Lächeln entgegen. Sie war so daran gewöhnt, es bei sich zu haben, dass es sich seltsam anfühlte, wenn es nicht bei ihr war.

„Kein Problem. Er sagte, der Experte habe nichts darin gefunden. Er hat den Peilsender, der auf dem Handy aktiviert war, ausgeschaltet."

Piper schüttelte den Kopf und bedauerte es, dass Schlaf so tief war. Was hatte Gabriel sonst noch getan, während sie quasi komatös geschlafen hatte? Sie winkte, als Pete sich zum Gehen wandte. „Nochmals danke!"

Mit Blick auf die geschlossene Tür beschloss Piper, Easton eine Nachricht zu schreiben, um ihm mitzuteilen, dass sie zum Laden fahren musste. Schnell tippte sie die SMS ein. *Ich gehe in die Apotheke, um ein paar Dinge zu besorgen.*

Er antwortete fast augenblicklich. *Bleib auf dem Gelände. Vergiss nicht, dass es im Gebäude C eine Apotheke gibt. Geh dorthin.*

Sie schickte ihm ein rotes Herz-Emoji zurück und schaltete ihren Laptop aus. Piper schnappte sich ihre Handtasche und ging an

Gebäude B vorbei zum letzten hohen Bürogebäude. Sie winkte dem Angestellten an der Rezeption mit ihrem Ausweis und ging zu den Aufzügen. Ein Schild an der Wand verriet das Stockwerk der Apotheke. Sie drückte die zwei und wartete.

Sharon hatte erklärt, dass für den Zugang zu einigen Stockwerken eine Genehmigung der Rezeption erforderlich war. Andere, wie die Cafeteria oder, in diesem Fall, die Apotheke, waren jederzeit für jedermann zugänglich. Dankbar, dass sie ihren Grund für den Besuch des Ladens nicht mitteilen musste, fuhr Piper mit dem Fahrstuhl eine Etage höher und folgte den Schildern.

„Kann ich dir helfen?", fragte eine freundliche Stimme.

Piper drehte sich um und sah Tess. „Hey! Ich bin froh, dich wiederzusehen."

„Hallo, Piper. Ich habe dich seit der ersten Nacht nicht mehr gesehen."

„Auspacken macht keinen Spaß", lachte Piper.

„Da hast du recht, ich habe auch noch ein paar Kisten stehen", bedauerte Tess. „Was suchst du denn?"

„Ich brauche ein paar Tampons und ein Heizkissen."

Tess schüttelte den Kopf. „Das letzte Heizkissen, das wir vorrätig hatten, ist gerade zur Tür hinausgegangen. Morgen kommen neue. Wenn du willst, halte ich eins für dich bereit."

„Ich komme einfach morgen wieder und hole es", antwortete Piper schnell. Sie wollte ihre Freundschaft nicht ausnutzen.

„Okay. Ich zeige dir, wo die Hygieneartikel sind." Tess führte sie zu dem richtigen Gang. Als Piper die Schachteln hatte, die sie brauchte, nahm Tess eine Papiertüte aus dem obersten Regal und packte sie hinein. „Du bist soweit versorgt, es sei denn, du brauchst noch Schmerzmittel?"

„Die habe ich schon. Was bin ich dir schuldig?", fragte Piper und sah sich nach einer Registrierkasse um.

„Hier ist alles umsonst, Piper. Mr. Edgewater stellt seinen Angestellten Gesundheitsmittel zur Verfügung. Das ist ein toller Arbeitsplatz. Komm morgen wieder und hol dir dein Heizkissen."

„Danke, Tess."

Es fühlte sich seltsam an, zu gehen, ohne zu bezahlen. In

Gedanken bedankte sie sich bei Easton dafür, dass er ein so solidarisches Unternehmen geschaffen hatte. Piper hatte noch nie von jemandem gehört, der seine Angestellten mit allem Möglichen versorgte.

Ein Ziehen im Unterleib ließ sie innehalten, als sie den Parkplatz passierte. Wärme auf dem Bauch würde ihr so sehr helfen. Der Laden war nicht weit entfernt. Sie konnte dorthin fahren und in zwanzig Minuten zurück sein. Impulsiv fand sie ihr Auto und fuhr rückwärts aus der Parklücke. Sie winkte dem Wachmann an der Schranke zu und übersah seinen besorgten Blick, als der Sensor piepte, als er ihren Ausweis scannte. Das Tor ging auf und sie fuhr hindurch.

Zwei Minuten später surrte ihr Telefon. „Easton?", sagte Piper als sie den Namen sah, der auf dem Display angezeigt wurde.

„Wo willst du hin, Kleine? Es ist nicht sicher, sich außerhalb des Geländes aufzuhalten." In seiner tiefen Stimme lag Besorgnis in jeder Silbe.

„Ich muss nur eine Besorgung machen."

„Komm zurück, dann schicken wir jemanden für dich los."

Nach Gabriel hatte Piper sich geschworen, dass sie niemals zulassen würde, dass jemand die totale Kontrolle über sie hatte - und Entscheidungen traf, denen sie nicht folgen wollte. Sie zögerte kurz und schaltete dann das Telefon aus. Niemand würde ihr sagen, was sie zu tun hatte. *Nicht einmal Easton.*

Während sie sich darauf konzentrierte, sich zu merken, wo sie an dem Laden vorbeigefahren war, übersah Piper die schwarze Limousine, die hinter ihr aus einer Parklücke herausfuhr. Sie jubelte, als sie das vertraute Logo vor sich entdeckte. Nach ein paar Minuten hüpfte sie durch die Tür und machte sich auf den Weg zur Apotheke, um nach einem Heizkissen zu suchen.

Als sie an der Süßwarenabteilung vorbeikam, überkam sie ein plötzliches Verlangen nach Schokolade. Sie bog in einen Gang ein und kehrte dann zum vorherigen zurück, um ihre Lieblingssorte zu finden. Ein bestimmter Geruch fiel ihr auf und sie sah sich um. Piper würde Gabriels Parfüm nie vergessen. Es war in ihrer Erinnerung mit ihm verbunden.

Als sie um das Regal herumschaute, sah sie keine Spur von ihrem ehemaligen Geliebten. Ein Mann mit einem kleinen Kind in einem Einkaufswagen war ein paar Schritte entfernt. *Vielleicht trägt er das gleiche Parfüm?*

Piper verzichtete auf den Gedanken an Schokolade und schaute sich unter den anderen Kunden um, während sie in die gewünschte Abteilung ging. Als sie die richtige Abteilung des Ladens gefunden hatte, durchsuchte sie die Auslage, konnte aber kein Heizkissen ausmachen. Auf dem untersten Regal lag ein Durcheinander von Artikeln. Piper ging in die Hocke, um nachzusehen und griff triumphierend nach einer Kiste.

„Die letzte!", verkündete sie dem leeren Raum um sie herum.

„Der Siegerin gehört die Beute", sagte eine sehr vertraute Stimme, als ein Paar hochglanzpolierte Schuhe in Pipers Blickfeld erschien.

Piper richtete sich, die Verpackung als Schutzschild hebend auf und sah in Gabriels dunkle Augen. Sie hatten immer seine Gefühle widergespiegelt: Leidenschaft, Wut, Aufregung und Zustimmung. Jetzt las sie Triumph in seinem Blick.

„Mr. Serrano, ich hatte nicht erwartet, Sie hier zu sehen."

„Da bin ich mir sicher", antwortete er mit einem bösen Lächeln, während er sich ihr näherte. Der vertraute Duft seines Parfüms unterstrich seine Anwesenheit und jagte ihr einen eisigen Schauer über den Rücken.

„Was willst du von mir? Ich habe dir deinen Ring zurückgegeben." Piper versuchte, ein starkes, selbstbewusstes Auftreten an den Tag zu legen, auch wenn ihr Herz raste.

„Du bist sehr böse gewesen, kleines Mädchen. Deine Strafe wird dieses Mal hart ausfallen."

Piper schluckte schwer und sah wieder den triumphalen Ausdruck in seinen Augen. Zeig keine Schwäche! Sie zog die Schultern zurück, schüttelte den Kopf und versuchte, selbstbewusst zu wirken. „Du hast nicht das Recht, mich zu bestrafen. Du bist nicht mein Daddy, Gabriel."

„Ich werde immer dein Daddy sein, Piper. Das gibt mir alle Macht, dich zu korrigieren. Los geht's. Lass das Ding los und wir gehen, damit wir dieses Gespräch unter vier Augen weiterführen können." Er nickte einer älteren Dame zu, die ihn belauschte, während sie so tat, als würde sie die Schmerzmittel in der Nähe untersuchen.

„Ich werde nirgendwo mit dir hingehen, Gabriel. Unsere Beziehung ist vorbei. Außerdem arbeite ich nicht mehr in meinem alten Job. Du kannst mich nicht benutzen, um deine Firma zu bereichern.“

„Aber jetzt arbeitest du für Edgewater Industries. Ich freue mich, eine Verbündete in diesem Unternehmen zu haben“, sagte er und trat vor, um nach ihrem Arm zu greifen.

Piper trat zurück, um seiner Berührung auszuweichen. „Lass mich in Frieden, Gabriel. Wenn es sein muss, werde ich eine einstweilige Verfügung erlassen.“

„Das wird dir nichts nützen. Du bist meine Verlobte. Kein Richter wird eine solche Sperre zwischen sich Liebenden verhängen.“

„Ich werde den Manager holen. Sie müssen diese Frau in Ruhe lassen“, sagte die ältere Dame am Ende des Ganges. Sie schob ihren Einkaufswagen schnell in Richtung des vorderen Teils des Ladens.

„Alte Schachtel!“, höhnte Gabriel, bevor er einen Schritt nach vorne machte. „Zeit zu gehen, Piper.“

„Uff!“ Die Luft entwich ihr aus den Lungen, als sie schnell zurückwich und gegen einen großen, unbeweglichen Gegenstand prallte. Sofort versuchte sie, sich loszureißen, aber ein Arm schlang sich um sie und hielt sie fest. Piper reckte den Hals, um zu sehen, wer sie festhielt und blinzelte, als ein heller Lichtblitz sie kurzzeitig blendete. Die Unfähigkeit, zu sehen, steigerte ihre Panik enorm. Sie schlug auf den Mann ein, der sie festhielt.

„Piper, ich bin's, Knox. Ich bin bei dir“, beruhigte eine tiefe Stimme sie.

„Knox?“, fragte sie. Seine Hand streichelte beruhigend über ihre Taille. Piper blinzelte, um ihre Augen wieder zu beleben und bemerkte, dass Knox' harter Blick sich nicht von dem anderen Mann abwandte.

„Piper möchte nirgendwo mit Ihnen hingehen, Gabriel Ernesto Serrano. Das hat sie Ihnen gesagt. Ich bin Zeuge, ebenso wie die ältere Dame an der Kasse, die die Geschäftsleitung gebeten hat, die Polizei zu rufen. Ich glaube, die ist auf dem Weg. Die Überwachungskameras werden bei einem Gerichtsverfahren eine große Hilfe sein.“ Knox

166

deutete auf die Kuppel über ihrem Kopf an der Decke, die die Begegnung stumm aufzeichnete.

Um seine Aussage zu bestätigen, ertönte eine Durchsage im Laden. „Sicherheitsdienst zu Gang siebenundzwanzig, bitte. Alarmstufe Blau.“

„Knox! Gott sei Dank, dass du da bist“, bedankte sich Piper bei ihm. Sie schlüpfte hinter ihm hervor, um einen Blick auf ihren Ex-Daddy zu werfen. „Ich werde nie wieder etwas mit dir zu tun haben, Gabriel. Ich glaube, du hast auch deine Chancen, mit Edgewater Industries ins Geschäft zu kommen, zunichte gemacht.“

Knox nickte zur Bestätigung ihres Hinweises, was Gabriels finsteren Gesichtsausdruck noch wütender erscheinen ließ. „Hier gibt es nichts zu gewinnen, Serrano. Begrenzen Sie Ihre Verluste und gehen Sie. Wenn nicht, wird Mr. Edgewater dafür sorgen, dass niemand mehr mit Ihnen Geschäfte macht.“

„Das werde ich in der Tat“, versicherte Easton hinter Gabriel.

Augenblicklich fiel eine Maske über Gabriels Gesicht und er schenkte Easton ein charmantes Lächeln. „Mr. Edgewater, ich freue mich, Sie kennenzulernen“, sagte er und streckte seine Hand aus, um Easton die Hand zu schütteln.

Piper versuchte, zu ihm zu laufen, aber Knox hielt sie mit einem Arm auf, um sie daran zu hindern und wies sie sanft an: „Lass deinen Daddy das machen. Pass auf.“

Als Easton nicht auf seine Geste reagierte, ließ Gabriel seine Hand unbeholfen fallen und fuhr fort: „Sie wissen ja, wie kleine Mädchen sind. Von Zeit zu Zeit sind sie gern zickig. Piper wird ihre Geschichte bald ändern.“

„Was?“, stotterte Piper entrüstet. „Du ... du ...“

„Ihre Zeit mit ihr ist vorbei. Sie wird nie wieder in Ihre Obhut zurückkehren. Ich habe Mitleid mit Little Girls, die bei einem Mann landen, der keine Ahnung hat, wie man ein Daddy ist“, erklärte Easton bissig.

Von draußen ertönten Sirenen. Ein Mann hinter Easton verkündete: „Es gab eine Meldung über eine Störung in diesem Gang. Ich werde Sie alle bitten, nach draußen zu gehen, um mit der Polizei zu sprechen. Jeder, der nicht kooperiert, wird verhaftet.“

„Aber hier ist nichts passiert", versicherte Gabriel dem Sicherheitsmann.

„Bitte verlassen Sie den Laden, Sir."

Easton trat aus dem Gang und wies Gabriel mit einer ausgestreckten Hand an, ihm zu folgen. Mit einem Schnauben der Abscheu und Wut, das sein Gesicht verzerrte, stakste Gabriel aus dem Gang in Richtung des vorderen Teils des Ladens. Piper flog um Knox herum und warf sich in Eastons Arme, wobei sie die Heizkissenbox zwischen ihren Körpern zerquetschte.

„Kleines Mädchen, du steckst in großen Schwierigkeiten", flüsterte er ihr ins Haar, während er sie so fest wie möglich an sich drückte. „Was hast du so sehr gebraucht, dass du dein Leben riskiert hast?"

Schüchtern trat Piper zurück, um den beschädigten Behälter zu zeigen. „Es war dumm, aber ich dachte, ich könnte hier vorbeischneien und würde mich besser fühlen."

Der lauschende Sicherheitsmann betrachtete die demolierte Verpackung und rollte mit den Augen. Piper spürte, wie sich ihr Gesicht noch mehr erhitzte. „Es war wichtig."

„Niemand sollte dich daran hindern, das zu bekommen, was du brauchst", kommentierte Easton leise. „Du hättest jemanden bitten können, es für dich zu holen oder dich zu begleiten, Piper."

„Sir, ich bitte Sie drei, zum Eingang des Ladens zu gehen, bitte."

„Natürlich. Komm, Piper. Wir werden das schon regeln."

Als sie sich dem Vordereingang näherten, kamen sie am Serviceschalter vorbei. Eine Frau hinter dem Tresen beobachtete fasziniert das Geschehen. Easton nahm Piper die zerdrückte Verpackung ab und legte sie zusammen mit dem Geld auf den Tresen, um die Kosten zu decken.

„Könnten Sie das für uns abrechnen, während wir draußen sind?", fragte er freundlich.

Der verblüffte Angestellte sah den Wachmann an, um zu erfahren, was er tun sollte.

„Bearbeiten Sie den Verkauf. Wenn er von der Polizei mitgenommen wird, verfällt der Kauf", befahl er.

„Vielen Dank, Sir", sagte Easton freundlich.

Als er Piper nach draußen führte, trennte ein Polizistenduo die beiden, um ihre Aussagen entgegenzunehmen. Piper war erfreut zu sehen, dass Gabriel sich mit einem anderen unterhielt, ebenso wie die ältere Frau, die ihr drinnen geholfen hatte. Sie erklärte dem Polizisten mehrmals, was passiert war. Bald bat er sie, an einem Ort zu bleiben, während er sich mit den Beamten beriet, die mit Easton und der älteren Frau gesprochen hatten. Piper blickte zu Gabriel, der sie nun drohend anblickte und wollte ihm die Zunge herausstrecken, hielt sich aber zurück - mit Mühe.

Ihre Bauchschmerzen verschlimmerten sich, als die Schmerztabletten, die sie genommen hatte, abklangen. Piper drückte eine Hand auf ihren Unterleib und wünschte sich einfach nur, nach Hause zu gehen. Das war die schlechteste Entscheidung aller Zeiten! *Wem mache ich etwas vor? Mit Gabriel ausgegangen zu sein, übertrifft das hier bei Weitem!*

Als sie zu Easton hinübersah, stellte sie fest, dass er sie beobachtete. Seine Stirn legte sich in Falten, was sie als Besorgnis interpretierte. „Mir geht es gut", sagte sie zu ihm. Eine Bewegung erregte ihre Aufmerksamkeit und sie sah, wie einer der Polizisten Gabriel Handschellen anlegte.

„Was? Sie können mich nicht verhaften! Mein Anwalt wird mich wieder rausholen, bevor die Tinte getrocknet ist", drohte Gabriel.

„Wir lassen die Anwälte ihre Arbeit machen und kümmern uns um unsere", antwortete der Streifenpolizist gleichgültig. „Steigen Sie bitte in den Streifenwagen."

Gabriel stotterte weiter. Seine Stimme erstarb mit dem festen Schließen der hinteren Tür, die ihn einsperrte.

„Ma'am? Es ist ziemlich klar, dass Sie hier das Opfer sind. Zum Glück gibt es Ihre Beschützer. Es gibt eine Menge Frauen, die nicht so viel Glück haben. Wir werden Mr. Serrano wegen Belästigung festnehmen. Da er Sie nicht angefasst hat, ist das die schwerwiegendste Anzeige, die wir bearbeiten können. Er wird schnell wieder draußen sein. Sorgen Sie dafür, dass Sie in Sicherheit sind, wenn er entlassen wird", schlug der Uniformierte vor. Seine Augen verrieten eine Welt voller Erfahrung.

„Ich danke Ihnen, Sir. Ich glaube, diese Jungs werden auf mich aufpassen", versicherte Piper ihm und nickte Easton und Knox zu.

„Bleiben Sie wachsam."

Sie nickte und sah ihm nach, wie er wegging. Easton legte einen Arm um sie und zog sie dicht an seine Seite. Er wandte sie von dem Anblick Gabriels ab, der aus dem Inneren des Streifenwagens schrie.

„Es ist Zeit, nach Hause zu gehen, Kleines. Lass uns dein Heizkissen holen und zurück zu den ABC-Türmen gehen", schlug er vor. Als sie nickte, ließ Easton sie mit Knox allein, um ihre Handtasche zu holen.

„Es tut mir leid, Knox."

„Ich weiß, Kleines."

„Woher wusstest du, dass ich Hilfe brauche?"

„Der Sicherheitsdienst hat mich informiert, als du gegangen bist. Sie hätten dich am Gehen hindern sollen, bis ich das Tor erreicht habe. Es wird sofort ein zusätzliches Training geben", sagte er mit finsterem Blick.

„Easton gab mir Bescheid als euer Gespräch abrupt endete und er den Kontakt nicht wiederherstellen konnte." Knox sah sie an, bevor er eine Augenbraue hochzog.

„Ich war dumm."

„Deine Sicherheit ist wichtiger als die Treffen, die Easton in seinem Terminkalender hat. Ich war zufällig in der Nähe meines Autos, also bin ich dir hinterher. Dein Ausweis hat ein Kurzstreckenortungsgerät. Sobald du angehalten hast und ich in der Nähe war, konnte ich deinen Standort bestimmen."

„Und Easton kam auch mit."

„Wir unterhielten uns, als er aufholte. Ich habe ihn wissen lassen, wo du hingegangen bist."

Easton kam mit dem Heizkissen zurück. „Bereit, nach Hause zu gehen?", fragte er.

„Bitte."

KAPITEL 12

E aston half ihr, sich bequeme Kleidung anzuziehen und setzte Piper mit ihrem Stofftier auf die Couch in ihrer Wohnung, wobei er ihr das Heizkissen auf den Bauch legte. „Nimm das hier", wies er sie an und drückte ihr zwei Schmerztabletten und ein Glas Milch in die Hände.

„Es tut mir leid."

„Ich weiß." Easton ließ sich neben ihr auf der Couch nieder und legte einen Arm um ihre Schultern. Sofort kuschelte sie sich an seine Brust.

In der Gewissheit, dass sich seine Gefühle ihr gegenüber geändert hatten, studierte Piper das braune Fell ihres Stofftiers. Ihre Eltern hatten sie immer wegen ihrer Faszination für das Stofftier gehänselt. Sie hatte ihn zu ihrem zweiten Geburtstag von ihrer Großmutter geschenkt bekommen. Alle hatten Alternativen vorgeschlagen, die ihnen besser gefielen als ihre Wahl. Keiner schien zu verstehen, dass Stanley der Name ihres neuen besten Freundes war, keine Erfindung von Piper.

„Hat sich Stanley Sorgen um dich gemacht?", fragte er leise.

„Ja", gab sie zu. „Er hat Gabriel nie gemocht, aber ich habe nicht auf ihn gehört. Ich dachte, er sei nur eifersüchtig."

„Was hält er von mir?"

Piper hob ihren pelzigen Freund an ihr Ohr und hörte sich seine Antwort an. Sie küsste ihn auf die Wange, bevor sie ihn wieder auf ihren Schoß setzte. „Stanley sagt mir, dass ich mich hundertmal entschuldigen und hoffen soll, dass du mir verzeihen wirst. Er sagt, nur jemand, dem viel an mir liegt, wäre mir gefolgt und hätte sich mit Gabriel angelegt."

„Das ist wahr. Stanley ist ein sehr wählerischer Bär. Ich bin froh, dass er dir einen positiven Bericht über mich gegeben hat."

„Es tut mir leid", wiederholte sie. *Das war mindestens Nummer fünf.*

„Du brauchst dich nicht hundertmal zu entschuldigen. Ich habe das Gefühl, wenn du die Zeit zurückdrehen und dein Verhalten ändern könntest, würdest du es tun."

Sie nickte energisch und zog sich von Easton zurück, um sich verzweifelt gegen die Couch zu lehnen. Piper fühlte sich furchtbar. Sie hatte alles vermasselt. Zusätzlich zu der dummen Entscheidung, die sie getroffen hatte, tat ihr der Unterleib weh, und ihre Gefühle waren aufgewühlt. Tränen liefen ihr über das Gesicht.

Konnte das Leben noch schwieriger werden?

„Kleines Mädchen, du tust mir im Herzen weh." Easton hob sie auf seinen Schoß und hielt sie fest, während er sie sanft hin und her schaukelte.

„Willst du, dass ich gehe?", wimmerte sie. Ihre Tränen wurden zu einem Sturm des Unglücks bei dem Gedanken, ihn zu verlassen. Sie musste ihn fragen. Es war besser, den Verband mit einem Mal abzureißen.

„Nein."

Seine kurze Antwort ließ sie aufschrecken. Sie blinzelte sich die Feuchtigkeit aus den Augen und lehnte sich zurück, um sein Gesicht zu betrachten. „Das war's? Nein?"

„Ich will nicht, dass du gehst. Du bist meine Kleine. Ich brauche dich bei mir."

„Ich will nicht gehen ..." Ihre Stimme verstummte, als sie seine Worte verdaute. „Willst du mich immer noch?"

„Mein Herz hat seine Entscheidung getroffen. Du bist mein Kleines."

„Auch wenn ich es wirklich vermassle?"

„Selbst wenn du das absolut Falsche tust, gehörst du mir."

„Wirst du mir den Hintern versohlen?", erschrak sie.

„Ich glaube nicht, dass du schon so weit bist, dass ich dir den Hintern versohlen kann. Eines Tages wirst du genug Vertrauen in mich haben, dass du mir erlaubst, dein Verhalten zu korrigieren. Kleine fühlen sich immer besser, wenn ihre schlechten Entscheidungen durch Bestrafung ausgeglichen werden."

„Ich vertraue dir", beeilte sie sich, ihm zu sagen.

„Ich möchte, dass du mir auch hier vertraust", sagte er und legte eine Hand auf ihr Herz. „Genauso wie hier." Easton strich mit den Fingern durch ihr Haar und drückte ihr einen Kuss auf die Stirn.

Unfähig, ihn zu belügen, nickte Piper. Sie wusste, dass er recht hatte. „Es tut mir leid."

„Keine weiteren Entschuldigungen. Er hat dich in die Irre geführt und dich schlecht behandelt. Du warst mutig und kühn. Du hast nach deinen Träumen und Fantasien gesucht, bist aber von einem Taugenichts betrogen worden. Jetzt weißt du, welche Qualitäten du in einem Daddy brauchst."

Piper begegnete seinem Blick. „Ich weiß genau, wer mein Daddy ist."

Easton beugte sich vor und küsste sie fest. „Das macht mich sehr glücklich, Kleines." Er drückte sie noch einmal fest an sich und wiegte sie sanft.

Diesmal wirkten ihr emotionaler Stress und ihre körperlichen Symptome zusammen und machten sie schläfrig. Sie fühlte sich so geborgen in seinen Armen. Innerhalb weniger Minuten versank sie an seine harte Brust geschmiegt in einen tiefen Schlaf, während er sich um sie sorgte.

Sie wachte in ihrem Bett auf und hatte Stanley an ihre Brust gekuschelt. Das Heizkissen, das sie vorsichtig auf ihren Bauch gelegt hatte, hatte geholfen, die Krämpfe in Schach zu halten. Da sie ihren Tampon wechseln musste, rollte sich Piper aus dem Bett und erstarrte beim Anblick von Eastons nacktem Rücken, der sich aus der Decke löste. Ihre Finger verhedderten sich im Saum ihres übergroßen Nachthemdes. Sie konnte sich nicht erinnern, es letzte Nacht angezogen zu haben.

Er hatte hier geschlafen?

Easton hatte sie offensichtlich bettfertig gemacht und war bei ihr geblieben. Piper spürte, wie sich ihre Lippen zu einem heimlichen Lächeln verzogen und ging ins Bad. Nachdem sie sich versorgt hatte, fand sie die beiden Schmerztabletten, die Easton ihr auf dem Tresen neben einem Glas Wasser hinterlassen hatte. Schnell nahm sie sie ein und kroch wieder ins Bett.

„Alles klar, Kleines?" Seine Stimme klang rau vom Schlaf.

„Besser", antwortete sie, als sie unter die Decke schlüpfte.

Easton drückte sich an ihren Rücken und umarmte Piper von hinten. Seine Wärme fühlte sich so gut an ihrem unteren Rücken an. Sie zog ihre Knie an, um die Krämpfe zu lindern. Wusste er, dass Menstruationsschmerzen schlimmer waren, wenn man sich gerade ausstreckte?

„Gott sei Dank macht man im Leben Erfahrungen", dachte sie und schloss die Augen, als er ihr einen sanften Kuss aufs Haar drückte.

Er war für sie da. Selbst wenn sie keine Lust auf körperliche Spielereien hatte und nur die Unannehmlichkeiten ihres monatlichen Zyklus überstehen wollte, wollte Easton sich um sie kümmern und dafür sorgen, dass es ihr besser ging. Sie erkannte, dass er nicht wegen der Macht oder der Fantasie ein Daddy war. Easton würde sie in jeder Hinsicht wertschätzen. Piper küsste den starken Bizeps, der sich um ihre Schulter gelegt hatte.

„Schlaf, Kleines", befahl er.

Ihre Gedanken kamen zur Ruhe und Piper fiel wieder in den Schlaf.

Am nächsten Nachmittag trug Easton die meisten ihrer Sachen aus ihrer Wohnung in seine, während sie es sich auf seiner Ledercouch gemütlich machte. Nun hingen ihre Kleider gegenüber von seinen Anzügen und Hemden. Als alles so arrangiert war, wie sie es wünschte, führte er sie zurück zur Couch. Easton zog eine weiche

Decke von der Lehne des Sofas und legte sie ihr um. Er drückte ihr einen sanften Kuss auf die Lippen.

„Ich bin froh, dass du hier bist, meine Kleine. Lass mich dir etwas zu trinken holen."

„Du brauchst mich nicht bedienen", hatte sie protestiert, während sie sich zu einem Ball zusammengerollt hatte.

„Lass mich erst dein Heizkissen holen. Willst du etwas Medizin?", hatte er gefragt.

„Nein. Das Heizkissen reicht mir schon. Es tut mir leid. Ich will dir nicht zur Last fallen."

Easton setzte sich neben sie und hob ihr Kinn an, um ihr in die Augen sehen zu können. „Dir geht es nicht gut und ich möchte mich um dich kümmern. Das ist es, was Daddys tun."

Als ihr die Tränen in die Augen stiegen, zog er sie an sich. „Die Vergangenheit ist geschehen. Du bist jetzt hier mit mir. Konzentriere dich auf uns."

„Okay, Daddy." Sie richtete sich auf und wischte sich mit den Fingerspitzen die Tränen aus den Augen. Piper begegnete seinem Blick und flüsterte: „Wie konnte ich nur so viel Glück haben, dich zu finden?"

„Mir geht es genauso."

Als sie sich an ihn schmiegte, schlang Easton seine Arme um sie, um sie festzuhalten. Da er wusste, dass sie sich nicht wohlfühlte, wich er nach einigen langen Sekunden zurück. „Lass uns dafür sorgen, dass es dir besser geht."

Als sie nickte, küsste Easton sie auf die Stirn und holte ihr Heizkissen. Nachdem er es auf ihren Bauch gelegt hatte, füllte er einen Becher mit Eiswasser und schraubte einen Deckel mit Strohhalm darauf, damit sie sich keine Sorgen machen musste, etwas zu verschütten. Er öffnete sogar seinen Vorrat mit aromatisiertem Popcorn, damit sie einen Snack genießen konnte.

Nachdem er ihr gezeigt hatte, wie man die Fernbedienung bediente, fand sie schnell einen Zeichentrickfilm, den sie noch nie gesehen hatte. Piper kuschelte sich auf die Couch und seufzte zufrieden. „Danke."

„Ich habe gerade noch genug Zeit, um eine Runde zu laufen, bevor das Abendessen fertig ist. Ist es okay, wenn ich dich allein lasse?"

„Ja." Sie hauchte ihm einen Kuss zu, bevor sie sich wieder den Figuren auf dem Bildschirm zuwandte. Während sie sich Popcorn in den Mund steckte, schien Piper vergessen zu haben, dass er überhaupt da war.

Lachend lief Easton ins Schlafzimmer, um sich seine Laufsachen anzuziehen. Als er mit über die Schulter geworfenem Hemd zurückkam, unterbrach Piper die Sendung und musterte ihn mit begierigen Augen. „Ich bin bald wieder da. Schau dich um, wenn du von der Show genug hast. Es gibt nur eine verschlossene Tür. Ich zeige dir das Zimmer heute Abend, wenn du willst."

„Was für ein Zimmer?", fragte sie. Ihre Stimme schwankte leicht und verriet ihre Nervosität.

„Das Kinderzimmer", antwortete er und sah, wie ihre Augen aufleuchteten. Es würde ihr gut tun, sich auf dieses Zimmer zu freuen.

„Ich bin bald wieder da", versprach er.

Easton lief die Treppe hinunter und begann mit seinem Training. Er lächelte, als er abschätzte, wie lange sie brauchen würde, um die Wohnung zu erforschen. Easton liebte Pipers neugierigen Charakter. Die Fragen, die sie ihm bei der Arbeit stellte, ließen ihn aufhorchen und darüber nachdenken, weshalb er und Sharon die Dinge so und nicht anders gemacht hatten. Oft hatte sie hilfreiche Vorschläge.

Jetzt wusste er, dass ihre Wissbegierde sie von der Couch treiben würde, um in alle Ecken und Winkel zu schauen. Easton wollte nicht, dass sie sich unwohl fühlte, wenn sie sich umsah. Sie fühlte sich schon wegen so vieler Dinge schuldig. Bald würde sie bereit sein, ihn zu fragen, ob sie ihm all ihre Sorgen anvertrauen könnte. Wenn sie die Bestrafung für ihre Fehler akzeptierte, die sich in ihrem Kopf zu riesigen Kratern entwickelt hatten, würde sie diese schlechten Gefühle ein für alle Mal loswerden können. Kleine sollten sich nicht über Dinge in der Vergangenheit ärgern. Vor allem, wenn die Schuld nicht bei ihr lag.

Verdammter Gabriel!

Er würde sich bei Knox erkundigen, was seine Kontakte bei der örtlichen Polizei zu berichten wussten. Hoffentlich würde Gabriel seinen Schaden begrenzen und weiterziehen. Wenn nicht, würde er herausfinden müssen, dass Easton seine Kleine mit all seinem Einfluss und seiner Macht schützen würde. Piper würde dem manipulativen Mann nicht noch einmal unterworfen werden.

„Hey!" Piper schaltete den Fernseher aus, als Easton die Wohnung betrat.

Mit nacktem Oberkörper und schweißglänzend sah er aus, als gehöre er auf die Titelseite des Silberfuchs-Magazins - falls es so etwas überhaupt gab. Sie stand auf, ging auf ihn zu und ließ ihren Blick an dem ansehnlichen Mann verweilen.

„Komm mir nicht zu nahe, Piper", warnte er und hob eine Hand, um sie abzuwehren.

Ein bisschen Schweiß macht mir nichts aus", teilte sie ihm mit und fuhr mit einem Finger über die Mitte seiner glitzernden Brust. Sie fühlte sich mutig und beugte sich vor, um ihn zu küssen, bevor sie sich ihren Weg über seinen Hals bis zu seinem Schlüsselbein leckte. Sein tiefes Stöhnen entfachte eine wohlige Wärme in ihrem Unterleib. Das war so viel besser als ihr kostbares Heizkissen.

„Möchtest du, dass ich mit dir Liebe mache, Kleines?", fragte er und zog sie dicht an seinen Körper.

„Ich habe meine ..." Ihre Stimme verstummte vor Verlegenheit.

„Daddys macht es nichts aus, wenn ihre Kleine menstruiert. Ich möchte, dass du dich wohl fühlst und auch erregt bist, wenn ich mit dir Liebe mache."

Piper ließ ihre Hand über seinen Arm gleiten und verschränkte ihre Finger mit seinen. Er verstand alles. Wie konnte sie nur so viel Glück haben? „Danke", flüsterte sie.

Easton hob ihre verschränkten Hände und drückte ihr einen Kuss auf die Finger. „Ich möchte, dass du mir immer sagst, was du fühlst, okay?"

Als sie nickte, fügte er hinzu: „Wie wäre es, wenn ich dusche, und wir dann gemeinsam die Wohnung erkunden?"

„Ich würde gern das Kinderzimmer sehen."

„Dein Kinderzimmer, Kleines", stellte er klar, bevor er ihr diesmal einen Kuss auf die Lippen drückte und sich umdrehte, um in das große Schlafzimmer zu gehen.

Als sie ihm beim Weggehen zusah, hätte sein durchtrainierter Hintern sie beinahe umgestimmt. Beinahe.

KAPITEL 13

M it zerzaustem, nassem Haar und in bequemer Kleidung erschien Easton in der Tür. Es juckte sie in den Fingern, ihm durch sein salz- und pfefferfarbenes Haar zu kämmen, so dass sie über ihre Reaktion auf seine umwerfend lässige Erscheinung lächeln musste. *Ich habe es schwer!*

Er klirrte mit einem Schlüsselbund und fragte: „Bereit für eine Erkundungstour?"

„Ja", jubelte Piper und sprang auf.

„Dieser Raum wird von nun an offenbleiben. Ich habe ihn damals geschlossen, als ich daran verzweifelte, ob ich dich jemals finden würde. Jetzt, da du hier bei mir bist, ist er bereit, dich zu empfangen."

Schnell steckte er den Schlüssel ins Schloss und schloss auf. Er drehte den Knauf und stieß die Tür auf. Unfähig, ihre Neugierde zu zügeln, trat Piper vor. Der Raum schien sie in seinen Bann zu ziehen. Sie schaute sich erstaunt um.

„Es ist wunderschön", sagte sie und ging nach vorne, um eine Hand auf die blassrosa Wand mit den erhabenen Paneelen zu legen. Die schöne Farbe funkelte mit Farbtupfern. „Ist das Glitzer?"

„Eine Einhornmischung", bestätigte er.

„Das sind die schönsten Wände überhaupt", rief sie aus und zeichnete die Rillen in den dekorativen Paneelen nach. Sie drehte sich leicht um und betrachtete das schöne Bett. „Werde ich hier schlafen?"

„Mir wäre es lieber, du würdest bei Daddy schlafen, aber Kleine brauchen manchmal ihren eigenen Platz. Das wäre ein guter Platz für ein Nickerchen", schlug er vor.

Piper ging nach vorne und strich mit der Hand über die seidige Bettdecke. Sie war so weich und einladend. „Stanley würde es hier gefallen."

„Stanley kann gerne hier drin spielen. In der großen Truhe sind noch ein paar Spielsachen", erklärte Easton.

„Ich sehe schon." Piper wollte das Bett nicht verlassen. Es war so schön. Ein hauchdünner weißer Stoff hing von der Decke herab und schlängelte sich um die vier Poster, die in den Ecken hingen. Sie kletterte auf das Bett und sah sich um.

„Hier ist es nicht staubig", stellte sie fest.

„Nein. Die Putzfrau hat dafür gesorgt, dass es für den Fall immer hergerichtet ist."

„Hat schon jemand in diesem Bett geschlafen?", erkundigte sie sich.

„Nur ich. Leg dich zurück auf die Kissen."

Piper schmiegte sich an den weichen Hügel am Kopfende des Bettes und schlang ihre Arme um sich. „Ich liebe es."

Easton kroch auf die Matratze und legte sich auf die Seite neben sie. „Da bin ich aber froh. Wenn dir etwas nicht gefällt, können wir es ändern."

„Nein!", sprang es aus ihrer Kehle.

Als er sie überrascht ansah, fügte sie hinzu: „Es ist wunderschön, und ich fühle mich hier so sicher - das ist der Ort, an dem ich einfach ich sein kann."

Easton strich ihr mit den Fingern durch das Haar und beugte sich vor, um ihre Lippen zu küssen. „Das ist dein Zufluchtsort, meine Kleine. Es ist dein Ort, an dem du glücklich bist und geliebt wirst. Es ist auch ein sicherer Ort, um zu experimentieren und herauszufinden, was du am meisten brauchst, solange du noch klein bist."

„Experimentieren?", wiederholte sie.

„Ja. Verschiedene Dinge ausprobieren, um zu sehen, ob sie dir gefallen. Zum Beispiel ..." Easton drehte sich um und öffnete den

Nachttisch. Er holte einen kleinen rosafarbenen Behälter heraus und öffnete ihn, um etwas zu enthüllen, das in Plastik eingeschweißt war. Er ließ den Behälter auf das Bett fallen, um die Hände frei zu haben, und riss das Päckchen auf. „Probiere den mal."

Piper öffnete automatisch ihren Mund, als er den Schnuller über ihre Lippen strich. Experimentierend saugte sie leicht daran. Es fühlte sich ... Schnell zog sie ihn aus ihrem Mund, als sie bemerkte, dass er sie beobachtete.

„Ich bin kein Baby", erwiderte sie.

„Du bist eine schöne Frau. Ich hoffe, du weißt, dass ich möchte, dass du all deine Träume und Wünsche auslebst. Der Schnuller ist nur ein kleiner Teil davon, neue Dinge auszuprobieren. Manchmal wird es von Anfang an perfekt sein. In anderen Fällen musst du mehrere Male experimentieren. Du musst dir nie Sorgen darüber machen, was ich denken werde. Vergiss nicht, ich habe es gekauft, damit es meiner Kleinen gefällt."

Easton führte ihre Hand wieder zum Mund. „Versuch es noch einmal", schlug er vor.

Als sie den Schnuller in den Mund steckte, zeigte er ihr, was noch in der Packung war. „Schau, Piper. Du kannst es so dekorieren, wie du willst. Auf der Vorderseite ist Platz für diese kleinen Perlen und du kannst sogar deinen Namen oder andere Worte hinzufügen, wenn du magst."

Piper nahm das Päckchen mit den lustigen Dekorationen und überflog den Inhalt. Sie nahm den Schnuller aus dem Mund und sah sich die Vorderseite an. „Die passen alle perfekt", stellte sie fest. „Das ist lustig. Ich könnte sie sogar von Zeit zu Zeit austauschen."

„Du kannst es so oft wechseln, wie du willst", versicherte Easton ihr. „Ich glaube, du schläfst mit deinem Schnuller tiefer, aber das wissen wir erst, wenn du es ausprobiert hast, nicht wahr?" Er hielt den kleinen Behälter hoch. „Wir werden ihn hier aufbewahren, wenn du ihn nicht brauchst."

Sie legte ihn vorsichtig hinein, als er ihn öffnete. Zu ihrer Überraschung war sie enttäuscht, als er den Deckel zudrückte.

„Bist du so weit, einen Blick in die Spielzeugkiste zu werfen? Ich glaube, da drin findest du auch ein paar lustige Sachen."

Piper verließ das hübsche Bett nur widerwillig und ließ sich von ihrer Neugier leiten. Sie kniete sich vor die Truhe und streckte die Hand aus, um den Deckel anzuheben. „Wow! Sieh dir all die Malbücher an und ich liebe Buntstifte. Ich habe seit Jahren kein Brettspiel mehr gespielt. Und Puzzles! Die könnten wir nach der Arbeit gemeinsam lösen", schlug sie vor und rieb sich unbewusst den Bauch.

„Das würde mir gefallen. Wir können alle Teile auf dem Tisch ausbreiten. Wir haben noch ein bisschen Zeit vor dem Schlafengehen, aber ich glaube, du musst deinen Film zu Ende sehen. Sollen wir damit warten, mit deinem neuen Spielzeug zu spielen?"

Piper nickte und verstaute einige Teile wieder in der Spielzeugkiste. Sie zögerte ein paar Sekunden, bevor sie sich zu ihm hinüberbeugte und ihre Arme um Eastons Taille schlang. „Ich bin so froh, dass du mich gefunden hast. Danke für all die schönen Dinge, die du mit mir teilst."

Easton küsste sie zärtlich. Seine Hand strich sanft über sie und rieb an ihrem Rücken. „Ich habe schon so lange von dir geträumt. Ich bin froh, dass ich dich gefunden habe."

Nachdem er sie einige Minuten lang gehalten hatte, drückte er sie ein letztes Mal. „Komm schon, Kleines. Ich höre dein Heizkissen schon nach dir rufen."

Spielerisch neigte er seine Stimme in Richtung Tür und tat so, als sei er ihr Heizkissen. „Piper ..."

„Daddy!", lachte sie und ließ sich von ihm vom Boden aufhelfen.

KAPITEL 14

Die nächsten paar Tage verliefen reibungslos. Piper fühlte sich körperlich so viel besser, als ihre Periode nachließ und schließlich ausklang. Mit jedem Tag, den sie mit ihrem schönen Daddy verbrachte, verliebte sie sich ein bisschen mehr in ihn. In seinen Armen einzuschlafen und aufzuwachen war der perfekte Ausklang und Start des Tages.

Ihr Daddy schien ihr vollkommen verziehen zu haben. Easton erwähnte ihren Fehler, das Grundstück verlassen zu haben, ohne jemandem Bescheid zu geben, nicht. Piper wusste das zu schätzen, spürte aber, dass es ihr im Kopf herumspukte, wenn sie ein paar ruhige Minuten hatte, um über ihr Handeln nachzudenken. Wie hatte sie nur so dumm sein können?

Als sie sich wieder dem Telefon in ihrer Hand zuwandte, bemerkte sie, dass die Frau am anderen Ende der Leitung still geworden war und darauf wartete, dass sie etwas sagte. Schnell überlegte sie sich etwas, das die Lücke füllen würde. „Danke für deine Hilfe, Sharon. Ich glaube, ich habe alles im Griff. Ich rufe nächste Woche an, wenn ich noch Fragen habe", sagte Piper. Sie beendete das Gespräch, nachdem sie sich beide verabschiedet hatten.

Reiß dich zusammen, Piper.

Ein Geräusch an der Tür brachte sie von ihren Gedanken ab. Piper lächelte, als Eastons Stellvertreterin zielstrebig in den Raum schritt. Elaine Rivers strahlte Macht und Kontrolle aus. Ihr Führungsstil war dem von Easton diametral entgegengesetzt. Piper hatte seit ihrer Ankunft festgestellt, dass die Kombination der beiden perfekt zusammenpasste. Die Mitarbeiter ließen sich entweder von dem einen oder dem anderen Kommunikationsstil anstecken. Wenn Piper ehrlich sein sollte, schätzte die Verwaltungsassistentin in ihr die Checkliste von Elaine, die täglich in ihrem E-Mail-Postfach auftauchte.

Heute kam Elaine herein und schüttelte ungläubig den Kopf. „Kann ich dich für meine Assistentin austauschen?"

„Nein." Die endgültige Antwort kam von Eastons Türschwelle. „Fane ist perfekt für dich."

„Er hat mir einen Drachen gekauft und sagt, wir lassen ihn heute Abend nach der Arbeit steigen. Er ist gerade da drin und baut das Ding zusammen."

„Wie oft hast du den Bericht für den Vorstand morgen noch einmal überprüft?", fragte Easton leise.

Elaine schaute ihn überrascht an. „Ich habe auf jeden Fall dafür gesorgt, dass du die korrekten Informationen bekommst", beeilte sie sich, ihm zu versichern.

„Die erste Version war absolut zufriedenstellend."

„Das ist eine wichtige Entscheidung", betonte Elaine.

„Das ist sie. Die Informationen, die du zusammengestellt hast, waren für meine Entscheidung unabdingbar. Komm rein und lass uns Pläne schmieden."

Easton sah Piper an und bat: „Pass auf, dass uns niemand unterbricht, bitte."

„Ja, Sir."

Sein erwiderndes Zwinkern auf ihre Antwort ließ ihr Gesicht heiß werden, während ihr Herz einen Schlag aussetzte. Die förmliche Anrede war nicht ganz richtig, aber sie konnte ihn im Büro ja nicht Daddy nennen, oder?

Piper öffnete ein neues Dokument auf ihrem Computer und machte sich an die Arbeit, um die Vorlage zu erstellen, die Easton ihr in den Vorbereitungsnotizen für das Treffen beschrieben hatte. Auf halbem Weg hielt sie inne, um ihre Arbeit zu überprüfen und zuckte zusammen, als sie das Wort ‚Strafe' nicht nur einmal, sondern gleich dreimal auftauchen sah. Sie ließ ihren Kopf auf den hölzernen Schreibtisch sinken und wippte ein paar Mal mit ihm.

Sie musste damit fertig werden. Die Schuldgefühle, die sie empfand, weil sie etwas Falsches getan hatte, ließen sie nicht los. Offensichtlich wurde es immer schlimmer, wenn die Gedanken in ihrem Kopf herumspukten.

Eine Stunde später verließ Elaine Eastons Büro mit einem Winken und einem resignierten „Ich glaube, ich gehe jetzt einen Drachen steigen lassen."

„Viel Spaß!", wünschte Piper ihr und schaute auf die Uhr, um festzustellen, dass es bereits Zeit war, Feierabend zu machen. Sie hatte kein Mitleid mit Elaine. Nur jemand, der keinerlei Berührungspunkte mit ihr hatte, hätte die Begeisterung auf dem Gesicht der sonst so stoischen Frau nicht sehen können. Eastons Stellvertreterin mochte sich über ihre Feierabendpläne beschweren, aber sie freute sich auf sie. Außerdem mochte Piper Fane und hielt ihn für den perfekten Partner für die arbeitswütige Frau.

Sobald Elaine das Büro verlassen hatte, stand Piper auf und ging zu Eastons Schreibtisch. Er blickte von einem Stapel Papiere auf und sagte: „Nur noch ein paar Minuten, dann schließen wir das Büro."

„Ich möchte, dass du mich bestrafst", platzte Piper heraus und spürte sofort, wie sich ihr Gesicht vor Verlegenheit erhitzte.

„Wofür soll ich dich bestrafen, Kleines?", fragte Easton sanft, als er sich von seinem Stuhl erhob, um den großen polierten Schreibtisch zu umrunden und sich ihr zu nähern.

„Ich habe deine Anweisungen nicht befolgt und bin gegangen, wodurch ich mich in Gefahr gebracht habe", gab sie zu.

„Das belastet dich?", erkundigte er sich.

„Ich hasse es, dass ich es schon in ersten Moment versaut habe, dein Kleines zu sein."

„Daddys führen nicht Buch über gute Taten und schlechte Entscheidungen, Piper. Du brauchst keine Angst zu haben, dass ich aufhöre, mich um dich zu kümmern, weil du einen Fehler gemacht hast."

„Aber ich weiß, dass ich es hasse, etwas so Dummes getan zu

haben. Ich kann es mir nicht verzeihen", gestand sie und spürte, wie die Tränen aus ihren Augen kullerten und über ihre Wangen liefen.

„Komm, setz dich auf meinen Schoß, Piper. Ich muss dich in meinen Armen halten", befahl Easton und legte einen Arm um ihre Taille, um sie zu seinem Stuhl zu führen. In dem Moment, in dem er sich setzte, kletterte sie auf seinen Schoß.

„Daddy!" Piper wimmerte, während sie ihren Kopf an seine Brust drückte. Sie fühlte sich elendig.

Easton wiegte sie in seinen Armen, bis ihr Schluchzen verstummte. Als sie zu ihm hochschaute, um seine Reaktion zu beurteilen, drückte er ihr einen leichten Kuss auf die Stirn. „Ich glaube, es wird Zeit, dass du dich besser fühlst. Schließ die Bürotür ab und komm wieder her."

Er half Piper auf die Beine. An der Türschwelle hielt sie inne und sah ihn an. Easton nickte, um sie zu ermutigen. „Geh und schließ die Tür ab."

Piper hörte seine Bewegungen, als sie das Büro verließ, und wusste, dass er seinen Schreibtisch für den Morgen frei räumte. Er würde sie doch nicht in seinem Büro versohlen, oder? Sie würde nie wieder dort arbeiten können, ohne sich daran zu erinnern. Schnell verriegelte sie den Schreibtisch und schaltete auch ihren Computer aus. Schließlich blickte sie zurück in sein Büro.

„Komm rein, Kleines. Wir gehen in dein Kinderzimmer." Er hielt ihr die Hand hin.

„Du wirst mir hier nicht den Hintern versohlen?", fragte sie.

„Nein. Ich werde dir auch dort nicht den Hintern versohlen. Ich denke, du hast für eine Weile genug von dieser Art der Bestrafung", kommentierte Easton, während er sie durch die angrenzende Tür in seine Wohnung zog.

„Du wirst mir nie den Hintern versohlen?", fragte sie.

„Doch. Du wirst in Zukunft mit nacktem Hintern auf meinem Schoß liegen. Nur nicht dieses erste Mal", erklärte er.

Piper hatte ihm erzählt, wie sie von Gabriel den Hintern versohlt bekommen hatte, als sie aus einem Albtraum über ihn aufgewacht war. Währenddessen Eastons Arme um sich zu haben, hatte ihr geholfen, ihre Panik zu vertreiben. Es war auch einfacher gewesen, es ihm zu gestehen, während sie in einen Mantel der Dunkelheit gehüllt gewesen war.

„Ausziehen zur Bestrafung", verkündete Easton, als er sie umdrehte, um den hinteren Teil ihres schmalen Rocks zu öffnen. Er fiel auf den Boden, bevor sie begriff, dass sie nackt sein würde.

Als sie ganz still dastand, spürte Piper, wie auch ihr Höschen auf den Teppich fiel. Halb entblößt schien nackter als nackt zu sein - zumindest bis er ihr das Hemd über den Kopf zog und ihren BH öffnete. Easton half ihr, aus dem Kleiderhaufen um sie herum herauszutreten. Sie richtete ihren Blick auf den Boden. Piper beobachtete, wie sich seine polierten Lederschuhe bewegten, als er sich vor ihr aufbaute.

Easton zog eine Linie an der Außenseite ihres Arms von der Schulter bis zu ihren verschränkten Händen. Sie zitterte bei der leichten Berührung. Als er eine große Hand um ihre Handgelenke schlang, zuckte sie leicht zusammen und riss sich los. Sicher in seinem Griff gefangen, drückte Piper ihre Schenkel zusammen und spürte, wie sie feucht wurde. Was würde er für ihre Bestrafung wählen?

„Ich habe eine Reihe von Konsequenzen für dein Verhalten in Betracht gezogen, Piper. Sätze schreiben, in der Ecke stehen, ins Bett gehen, ohne zu Abend zu essen; das erscheint mir alles zu leicht in Anbetracht des Risikos, das du eingegangen bist. Dir einen Einlauf zu verpassen, könnte helfen, die Dunkelheit, die du in dir trägst, zu beseitigen."

Er lachte, als sie ihn zum ersten Mal mit einem schockierten Gesichtsausdruck ansah. „Wie ich sehe, hast du nicht bedacht, wie intim ich mich um dich kümmern werde, Kleines."

Easton hielt inne und ließ diesen Gedanken in ihrem Kopf herumschwirren. „Das ist jedoch nicht das, was ich gewählt habe." Er griff nach oben und drückte auf eine Verzierung an der getäfelten Wand. Ein großer Teil schob sich zur Seite und enthüllte eine Auswahl an Werkzeugen.

Als sie den Anblick bestaunte, erklärte er: „Ich werde dich in Zukunft mit dem Paddel bearbeiten, aber für den Moment werden wir das hier benutzen." Er wählte ein aufgerolltes Stück Schnur. Geschickt wickelte er das seidene Seil um ihre Handgelenke.

Nachdem er es verknotet hatte, wies er sie an: „Versuche, deine Hände freizubekommen, kleines Mädchen. Ich möchte, dass du merkst, dass du völlig gefesselt bist, damit du dich nicht dagegen wehrst."

Piper versuchte, sich zu befreien und scheiterte. Sie hielt ihm ihre Hände entgegen und hob ihren Kopf, um seinem Blick zu begegnen. „Ich kann mich nicht befreien."

„Nein", bestätigte er.

„Was wirst du mit mir machen?", fragte sie.

„Ich werde dich bestrafen." In Eastons tiefer Stimme lag ein Ton der Fürsorge, an den sie sich gewöhnt hatte, während sie bei ihm wohnte.

Pipers aufkommende Panik, weil sie gefesselt war, wurde durch seinen sachlichen Ton gemildert. Sie nickte. Das war es, was sie brauchte. „Werde ich mich besser fühlen?"

„Später, Kleines. Du wirst dich viel besser fühlen. Komm." Er zog sie in die Mitte der Auslage. „Dreh dich auf die Seite", wies er sie an, bevor er ihre Hände über den Kopf hob, um ihre Fesseln an einen großen Haken zu befestigen. Easton zog sie nach oben, bis sie auf den Ballen ihrer Füße stand.

„Perfekt. Du bist exquisit", lobte er und musterte ihren Körper, bevor er eine Brust umfasste und mit dem Daumen leicht über die Perlenspitze strich.

„Nein!", protestierte sie, als er seine Hand hob.

„Es ist nicht Zeit für Vergnügen, Kleines, sondern für die Bestrafung, die du brauchst."

Ein Klicken hinter ihr machte Piper darauf aufmerksam, dass er etwas ausgewählt hatte. Da sie sich nicht umdrehen konnte, um es zu sehen, konnte sie nur warten. Der Atem blieb ihr im Hals stecken.

„Sag mir, wofür du bestraft werden wirst, Piper."

„Was?" Sie versuchte, sich umzudrehen, um ihn anzusehen, aber Easton hielt sie mit Leichtigkeit fest.

„Warum hast du mich gebeten, dich zu bestrafen?"

Es laut in den leeren Raum sagen zu müssen, machte es noch schlimmer. Sie schluckte schwer, bevor sie die aufgestauten Worte über ihre Lippen kommen ließ. „Ich wusste, dass Gabriel da draußen sein könnte. Ich wusste, dass er mich gefährden könnte. Aber trotz der Gefahr, von der ich wusste, dass sie da draußen lauert, habe ich nicht um Hilfe gebeten und ich habe aufgelegt, als du angerufen hast, um nach mir zu sehen. Ich habe versucht, alles selbst in die Hand zu nehmen."

„Danke, Kleines", sagte Easton, als er wieder in ihr Blickfeld trat. Er hielt etwas in der Hand, das wie ein Metallspatel aussah.

„Das ist ein elektrisches Paddel. Es ist ein einfaches Gerät, das man benutzen kann. Die Wirkung ist sehr schwach. Ich werde dich damit nur leicht berühren." Demonstrativ zog er eine Linie diagonal über ihren Bauch.

„Es fühlt sich einfach kühl an", flüsterte sie verwirrt. *Was ist das für eine Bestrafung?*

„Du musst deinem Daddy vertrauen." Easton legte einen Schalter an der Unterseite des Geräts um, und Piper hörte ein leises Summen und spürte, wie eine elektrische Welle über sie strich.

„Du hast fünf Dinge genannt, für die du gemaßregelt werden musst. Für vier davon bekommst du jeweils fünf Berührungen. Für die letzte Bemerkung bekommst du zwei Minuten."

Bevor sie im Kopf rechnen konnte, strich Easton mit der Schneide des Geräts über ihre äußere Hüfte. Sie keuchte auf, als eine dünne elektrische Linie über ihre Haut zog. Die feine blaue Spur lag an der Grenze zwischen Schmerz und Belästigung. Je länger sie auf ihrem Körper ruhte, desto schwieriger wurde es, still zu stehen. Die statische Aufladung ließ die feinen Haare auf ihrer Haut aufstehen, was das Gefühl noch verstärkte. Piper versuchte, sich einzureden, dass es nicht besonders weh tat.

„Genau das wirst du spüren. An deiner Hüfte ist es störend, aber nicht schmerzhaft. An anderen Stellen wird sich das Gefühl ändern." Easton berührte die Spitze ihrer Brust.

„Ah!" Piper schrie auf und krümmte sich in sich selbst, als das Zischen durch ihre empfindliche Brustwarze ging. Sofortige Erregung erfüllte ihren Körper. Sie schloss die Augen und versuchte, ihre Reaktion vor ihm zu verbergen.

Easton fuhr fort, das Gerät am ganzen Körper anzuwenden. Das Schnappen und Knistern ließ das Gerät gefährlich klingen. Sie fürchtete sich vor dem Kribbeln, von dem sie wusste, dass sie es als nächstes spüren würde. Eine Liebkosung seiner Hand folgte häufig, um sie zu beruhigen, konnte aber ihre Beklemmung nicht lindern. Sie wusste nie, was sein Ziel sein würde. Als sie sich am Haken wand, hörte Piper auf zu denken. Sie konnte sich nur noch auf ihre Bestrafung und das wachsende Bedürfnis in ihr konzentrieren und wartete auf das nächste Kribbeln und Zischen.

„Zwanzig", verkündete seine Stimme, die in ihren angestrengten Ohren heiser klang. Sie hörte einen leisen Schlag, bevor seine Hände über ihren Körper wanderten, um sich zu vergewissern, dass sie in Ordnung war.

Als er vor ihr stand, wölbte Piper ihren Körper und drückte sich so stark an ihn, wie es ihre gefesselten Handgelenke zuließen. „Daddy!", rief sie und brauchte ihn.

„Ich bin hier, Kleines. Ich werde immer hier sein." Die Arme ihres Dandys umschlangen ihren Körper und hielten sie fest.

Keuchend lauschte Piper seinem gleichmäßigen Herzschlag, während sich seine Wärme auf ihrer nackten Haut ausbreitete. Sie konnte das weiche Kratzen seiner feinen Wolljacke auf ihrer Haut spüren. Sein Duft erdete sie. Das war ihr Daddy.

„Ist es vorbei?", flüsterte sie, als sie sprechen konnte.

„Noch zwei Minuten. Bist du bereit?" Easton hob ihr Kinn an, um ihr Gesicht zu sehen. Er studierte ihren Gesichtsausdruck und küsste sie leicht. Er griff über sie und senkte den Haken ein paar Klicks, so dass sie sich ganz auf ihre Füße stellen konnte.

„Spreize deine Beine, Piper."

Sie schob ihre Schenkel auseinander und folgte gehorsam seinen Anweisungen. Ihr Atem stockte in ihrer Kehle, als er ihre Seite hinunterstreichelte und mit seinen Fingern über ihren Unterleib fuhr. Als seine Finger zwischen ihre Beine glitten, erhob sie sich wieder auf ihre Zehenspitzen. Er wusste es!

„Mein kleines Mädchen braucht eine Belohnung dafür, dass sie während ihrer Bestrafung so tapfer war."

Sie griff nach seinen Worten. Diesmal fühlte sie sich nicht befleckt, nachdem ihre Bestrafung sie erregt hatte. Ihr Mut hatte eine Belohnung für ihre Tapferkeit verdient.

Easton streichelte sie langsam und innig. Er ließ seine Finger durch ihre durchnässten rosa Falten gleiten und suchte die Stellen, von denen er wusste, dass sie ihr Vergnügen bereiteten. Piper spürte, wie der glitschige Saft ihre Oberschenkel bedeckte und ihre Reaktion auf ihre Bestrafung verriet.

„Daddy. Ich bin so brav gewesen."

„Das warst du. Lass uns das zu Ende bringen, damit ich dich halten kann."

Sie hörte ein weiteres Klicken, als er etwas aus der Auslage zog. Als sie etwas Kaltes an ihrem Oberschenkel spürte, schaute Piper an ihrem Körper hinunter und sah einen großen Stabvibrator mit einem runden Kopf. Während sie zusah, legte er ihn zwischen ihre Beine und stellte ihn so ein, dass er genau auf ihre inneren Lippen passte. Ein Ruck an dem Haken über ihr hob sie auf die Zehenspitzen und zog ihre Schenkel zusammen, um das Gerät zu fixieren.

Klick.

Ein Summen erfüllte ihre Gedanken, als ihr Körper sofort auf die Stimulation reagierte. Piper drehte sich und zog an den Schnüren, die sie fesselten, während die Lust ohne Pause durch ihren Körper strömte. Sie kam immer wieder zum Höhepunkt, als der Vibrator ihr ihre letzte Züchtigung verpasste und hörte seine tiefe Stimme, die die Zeit in Dreißig-Sekunden-Intervallen herunterzählte.

„Zwei Minuten."

„Daddy!"

„Neunzig Sekunden."

„Ich kann nicht länger. Es tut mir leid."

„Sechzig Sekunden."

„Ich werde brav sein!"

„Dreißig Sekunden."

„Ich kann nicht."

„Du kannst alles, Kleines."

Schließlich hörte das Summen auf. Sie sackte zusammen, unfähig, sich aufrecht zu halten, und zitterte, als er den Magic Wand entfernte. Als er einen Arm um sie schlang, um sie festzuhalten, spürte sie, wie er ihre Hände vom Haken löste. Knochenlos sackte sie auf ihm zusammen, als er sie sanft lobte. Die Worte spielten keine Rolle. Sie konnte sich nicht genug konzentrieren, um zu verstehen.

Das Bedürfnis, ihm nahe zu sein, erfüllte sie, als er sie in seine Arme hob und sie zu dem weichen Bett trug. Piper drückte sich an ihren Daddy, als er sich neben ihr ausstreckte. Das Gefühl der Bettdecke, die sich um sie legte, ließ sie vor Glück ausatmen. Er war hier bei ihr. Ihr Daddy hatte alles andere verschwinden lassen.

KAPITEL 15

Piper wachte über Eastons Körper ausgestreckt auf. Er hatte sie in seinen Armen auf der Chaiselongue des Balkons gebettet. Ihr liebevoller Daddy hatte sie nach draußen gebracht, als sie nicht aufhören konnte zu zittern. Die frühe Abendsonne strahlte noch Wärme aus.

Unfähig, der Gelegenheit zu widerstehen, studierte Piper sein Gesicht, als er über das Geländer blickte. Seine Krähenfüße verblassten zu schwachen Spuren auf seinen entspannten Zügen. Sie stellte fest, dass sie sie vermisste. Die Lachfalten an seinen Augen- und Mundwinkeln bezeugten, wie oft er lächelte. Die Konzentrationsfalten zwischen seinen Augenbrauen zeugten von seiner Hingabe an die Arbeit. Seine Gesichtszüge zeugten von allem, was gut war.

Ein Bild von Gabriels schönem Gesicht tauchte in ihrem Kopf auf. Es schien verschwommen und unscharf zu sein. Es fiel ihr schwer, sich an unbedeutende Details zu erinnern, zum Beispiel ob er Sommersprossen auf der Nase hatte oder ob sich seine Mundwinkel im Schlaf nach oben oder unten bogen.

Piper verdrängte ihn aus ihren Gedanken und konzentrierte sich auf den gutaussehenden Mann vor sich. Sein Atem war weich und gleichmäßig, sie bewegte sich leicht, um seinen Blick zu verfolgen, und lachte über den riesigen Tintenfischdrachen, dessen Tentakel in alle Richtungen auf der Lichtung vor den Türmen wehten.

„Du bist wach. Wie fühlst du dich?", fragte er mit besorgtem Blick.

Sie fuhr mit ihrem Blick über seine bärtigen Wangen und sein Kinn, um sich zu überlegen, wie sie antworten sollte. Überwältigt von dem Wunsch, die Bartstoppeln auf ihrer Haut zu spüren, bewegte sich Piper und strich mit der Seite ihres Gesichts über seines.

Sie drehte sich ihm zu und antwortete: „Ich fühle mich gut. Fantastisch, um genau zu sein." Sie beugte sich vor und küsste ihn innig.

In ihren grünen Augen spiegelte sich sein Verlangen, als sie sich zurückzog und ihn ansah. Ohne ein Wort zu sagen, umfasste Easton ihren Hinterkopf und zog sie noch einmal zu seinen Lippen hinunter. Er kostete sie tief und erforschte das Innere ihres Mundes, während er die Kontrolle über den Kuss übernahm. Seine Lippen und seine Zunge kitzelten und quälten sie, während er sie verschlang.

Plötzlich war nichts wichtiger, als ihn auf ihrer Haut zu spüren. Piper knöpfte sein Hemd langsam auf, während sie all ihr Verlangen und ihre Gefühle in ihre Küsse steckte. Sie zog den Saum seines Hemdes aus dem Hosenbund, strich mit den Fingern über seine Brust und fuhr mit ihnen durch das seidige Haar auf seinem Oberkörper.

Mit letzter Willenskraft stieß sie sich von seinem Körper ab. „Easton?", flüsterte sie. „Bist du sicher, dass ich dein Kleines bin?"

„Ich weiß, dass du mir gehörst, Piper. Ich warte nur auf deine Entscheidung, ob du zu mir gehörst."

Piper öffnete den Mund und Easton legte ihr zwei Finger auf die Lippen, um sie an einer automatischen Antwort zu hindern. „Du bist kurz davor, diese Entscheidung zu treffen. Ich werde nicht weniger akzeptieren als alles von dir. Solange du noch nicht bereit bist, dich so zu binden, werde ich hier sein. Für die Liebe gibt es keinen Zeitplan." Er ließ seine Hand durch ihr Haar gleiten und beugte sich vor, um einen Vorhang der Geborgenheit um sie zu legen.

„Du liebst mich?"

„Ich liebe dich, mein kleines Mädchen. Wenn du soweit bist, wirst du mir deine Gefühle mitteilen. Aber jetzt muss ich dich erst einmal füttern. Etwas Schnelles und Einfaches. Rührei zum Abendessen?"

Ihr Magen knurrte laut zwischen ihnen und entlockte ihrem Daddy ein leises Glucksen, das sie liebte.

„So soll es sein. Frühstück zum Abendessen!", verkündete er.

Piper versuchte, ihre Freude zu zügeln, als die Vorstandsmitglieder einer nach dem anderen mit einem zufriedenen Lächeln aus dem Raum strömten. Easton Edgewater war Edgewater Industries. Er hatte den Vorstand als eine Art zweites Auge geschaffen, um seine Entscheidungen zu überprüfen und bei Fragen abweichende Meinungen zu äußern.

Sie hatte sich während des gesamten Treffens Notizen gemacht, während Easton und Elaine reibungslos zusammenarbeiteten, um alle über die Fortschritte des Unternehmens zu informieren. Ihre Vorbereitungen waren genau richtig gewesen. Die Berichte enthielten eine ausführliche Darstellung der letzten sechs Monate des Geschäftsverlaufs. Als Piper hörte, wie sie über das Unternehmen berichteten, war sie sehr stolz auf den intelligenten und einfallsreichen Mann, in den sie sich verliebt hatte.

Dieser Gedanke erschreckte sie. Unwillkürlich blickte sie zu Easton, um sich zu vergewissern. Seine Augen trafen ihre. Sofort ging er auf sie zu. Piper hob lächelnd eine Hand, um ihm zu signalisieren, dass es ihr gut ging. Der gutaussehende Geschäftsmann nickte leicht und wandte sich wieder der versammelten Gruppe zu, die sich in dem großen Büroraum tummelte.

Als sich die Fahrstuhltüren endlich schlossen und die letzte Gruppe nach unten fuhr, schlang Easton seine Arme um sie. Er hob ihre Füße vom Boden und wirbelte sie im Kreis herum. „Sie haben dich geliebt. Die Älteren mögen keine Veränderungen. Ich wusste, dass sie Sharon vermissen würden, aber alle haben dich in den höchsten Tönen gelobt. Gut gemacht, Kleine. Wir müssen feiern gehen. Nimm deine Handtasche."

Als sie zu seinem Auto gingen, klingelte Eastons Telefon. „Hallo?" Er hielt inne. „Warte einen Moment. Ich möchte, dass du das wiederholst, aber lass mich dich auf Lautsprecher stellen. Ich bin hier mit Piper." Er schaltete den Lautsprecher ein und hielt das Telefon zwischen sie.

„Sprich weiter, Knox."

„Hey, Piper. Ich gratuliere dir zu deinem Erfolg heute. Alle haben geschwärmt, als sie das Gebäude verlassen haben."

„Danke, Knox!"

„Ich habe angerufen, um euch beiden zu sagen, dass der Privatdetektiv, der Gabriel überwacht hat, heute berichtet hat, dass er nach Argentinien zurückgekehrt ist. Er hat eine junge Frau von einem von Eastons Konkurrenten mitgenommen."

„Oh, nein! Sie hat keine Ahnung, wie er wirklich ist." Piper hatte sofort Mitleid mit Gabriels neuestem Opfer.

„Sie wird es herausfinden. Ihre Familie ist sehr wohlhabend. Vielleicht spielt er eine Zeit lang den Coolen, um mit ihrem Geld in Kontakt zu bleiben", vermutete Knox.

„Wie auch immer, es klingt so, als hätten sie Geld, um ihr bei Bedarf zu Hilfe zu kommen", beruhigte Easton sie.

Nach einem kurzen Gespräch trennte Easton die Verbindung und begleitete Piper zur Limousine. „Mach dir keine Sorgen um sie, Piper. Man sagt, jeder Topf hat einen Deckel. Vielleicht ist sie seiner."

Piper verdrängte den Gedanken willentlich und beugte sich vor, um ihn zu küssen. „Ich hoffe, jeder findet seinen perfekten Deckel. Such dir etwas aus, das schnell zu essen ist, Daddy."

„Warum?"

„Du wirst mich früher nach Hause bringen wollen", sagte sie lächelnd, als er ihr in den Sitz half und den Gurt über ihrem Schoß befestigte.

„Wirklich?"

Sie nickte und sah ihm zu, wie er zur Fahrerseite ging. Piper konnte die Erwartung auf seinem Gesicht lesen, als er sie durch die Windschutzscheibe beobachtete. Sie wartete, bis er den Wagen startete und beim Ausparken über die Schulter blickte.

Sie lehnte sich dicht an ihn und flüsterte: „Ich liebe dich, Daddy."

Der Wagen hielt an. Easton sah sie einige Sekunden lang an, bevor er sie zu sich heranzog. Seine Lippen verschlangen ihre, während er sie so eng wie möglich umarmte. Das Hupen eines Autos ließ ihn aufblicken.

„Na los, Chef. Ich will auch nach Hause zu meiner Süßen. Und herzlichen Glückwunsch euch beiden!", rief eine vertraute Stimme durch das offene Autofenster.

„Danke, Jason!" Easton antwortete mit einem Winken.

„Kleines", mahnte er und setzte sie sicher in ihren Sitz zurück. Zielstrebig lenkte Easton den Wagen aus der Parklücke und aus der Tiefgarage.

„Spaghetti. Nudeln können wir schnell essen." Er hielt seine Hand nach ihrer aus.

„Ich liebe dich auch, meine Kleine. Lass uns feiern gehen."

ELAINE

E laine schob sich ihre Brille auf den Kopf und zwang sich, den Blick vom Computerbildschirm abzuwenden. Die Erstellung dieses Statusberichts kostete sie in jedem Quartal mehrere Tage. Die Herausforderung, die unzähligen verschiedenen Informationen in einem kompakten Dokument zusammenzufassen, beanspruchte sie vollkommen.

Ein Drucklufthorn ertönte in unmittelbarer Nähe. Elaine sprang von ihrem Platz auf, stellte sich neben ihren Schreibtisch und versuchte, ihren rasenden Herzschlag für einige Sekunden unter Kontrolle zu bringen, bevor sie in den Sitzungssaal eilte. Ein gutaussehender junger Mann blickte grinsend vom Schreibtisch ihrer Assistentin auf.

„Entschuldigung. Ich schätze, dass ich Ihren Gedankengang unterbrochen habe. Ich lege das besser in die unterste Schublade", entschuldigte er sich.

„Wer sind Sie?"

„Ich bin Fane - Ihr neuer Assistent. Sharon hat mich aus dem Verwaltungspool ausgewählt, um Ihren alten Assistenten zu ersetzen. Sie machen viel durch", erzählte er, während er die schwarz umrandete Brille hochschob, die nichts von seinem guten Aussehen verbergen konnte.

Sie starrte ihn an, unfähig, darauf zu antworten. Gute Assistenten waren schwer zu finden. Elaine würde sich an den richtigen klammern, sobald sie ihn gefunden hatte. Es war nicht ihre Schuld, dass sie ein Höchstmaß an Kompetenz und Einsatzbereitschaft erwartete.

Dieser Mann wäre ihre absolut letzte Wahl gewesen. Lachfalten umrahmten seinen Mund und seine braunen Augen funkelten. Mit seinem zerzausten Haar und den hochgekrempelten Manschetten, die den Blick auf kunstvoll tätowierte Unterarme freigaben, entsprach er auf keinen Fall dem professionellen Profil, das sie brauchte, um Besucher in ihrem Büro zu begrüßen.

Bei dem Versuch, ihren Blick von dem charismatischen Mann abzuwenden, fiel ihr die große Schachtel auf dem Schreibtisch auf. Darin befanden sich verschiedene bunte Gegenstände: eine Frisbee, ein großer, bunter Stoffbär, ein Plastikgolfschläger, ein Holzgriff ... das war kein... Elaine sah ihn ungläubig an.

„Ich glaube nicht, dass das funktionieren wird, Fane ...“ begann Elaine und versuchte, diplomatisch zu sein.

„Sharon hat mir gesagt, ich solle mich nicht von Ihnen abschrecken lassen. Sie dachte, Sie bräuchten etwas anderes.“ Er breitete seine Arme aus und lenkte ihre Aufmerksamkeit auf seinen durchtrainierten Körper. „Sie haben mit mir einen Glücksgriff gemacht.“

Mit einem Schnalzen schloss Elaine den Mund, drehte sich um und stolzierte in ihr Büro, wo sie die Tür hinter sich zuschlug. *Das werden wir ja gleich sehen!*

Danke, dass Sie *Daddy wartet auf dich* gelesen haben! Wie es mit Elaine weitergeht, erfahren Sie in *Daddy passt auf dich auf*, das demnächst auf Deutsch erscheint.

Daddy passt auf dich auf mit nur einem Klick bestellen!

. . .

5 von 5 Sternen
Großartige Lektüre
Bewertet in den Vereinigten Staaten am 9. November 2021
Verifizierte:r Käufer:in
Ausgezeichnete Geschichte, tolle Charaktere. Diese neue Serie ist super. Sexy Daddy, ein aufgewühltes Little und ein Happy End. Einfach eine schöne Geschichte.

5 von 5 Sternen
ALLE FÜNF
Bewertet in den Vereinigten Staaten am 25. November 2021
Verifizierte:r Käufer:in
Ich gebe nie oder selten eine Bewertung von Fünf Sternen, aber dieses Buch verdient es einfach. Es hat eine erfrischende und vor allem andere Art von Erzählung. Es folgt nicht der typischen Gliederung von Betreuung und dem Erlernen, des Little-Daseins, sondern hat stattdessen einen geduldigen Daddy, der einen Schuft besiegt, und gleichzeitig das Vertrauen seines Little gewinnt. Ich hoffe, dass jedes kommende Buch dieser Reihe diesen frischen, faszinierenden Handlungsstrang beibehält.

5 von 5 Sternen
Habe *Daddy passt auf dich auf* geliebt
Bewertet in den Vereinigten Staaten am 2. Februar 2022
Verifizierte:r Käufer:in
Pepper North hat es wieder geschafft! Sie liefert mir immer Charaktere, in die ich mich absolut verliebe. Sie sind so real, dass man wetten könnte, dass man ihnen auf der Straße begegnet ist oder in einem Diner neben ihnen gesessen hat. Elaine ist Eastons Stellvertreterin in der Edgewater Company, aber sie ist sehr hart zu jedem Assistenten, der ihr zugewiesen wird. Das heißt, bis Fane auf der Bildfläche erscheint. Er ist nicht nur ein hervorragender Assistent,

sondern auch ein Daddy, der etwas Spaß und Ordnung in Elaines Leben bringen will, bevor sie als Workaholic ausbrennt. Lassen Sie sich dieses Buch und den ganzen Spaß nicht entgehen, es ist auf jeden Fall die Fünf-Sterne-Bewertung wert.

DADDY PASST AUF DICH AUF

KAPITEL 1

„**G**ib mir Bescheid, wenn du die Berichte hast, Elaine", bat Easton Edgewater an der Tür zu ihrem Büro.

„Mach ich. Ich werde sie dir so schnell wie möglich zukommen lassen. Ich weiß, dass viel davon abhängt, wie die Zahlen in diesem Quartal aussehen", antwortete Elaine ihrem Chef, während sich ihre Finger an den Ordnern in ihren Händen festkrallten.

„Nimm dir die Zeit, die du brauchst, um genau zu sein. Ich weiß, dass diese Berichte mühsam auszufüllen sind, aber du hast recht. Es muss schnell gehen. Ich weiß deine Bemühungen zu schätzen, Elaine. Ich könnte mir keine bessere Stellvertreterin wünschen."

Elaine nickte und ging in ihr Büro. Es war natürlich nicht so aufwendig wie das des Geschäftsführers, aber es war geräumig und ansprechend. Mit einer Grimasse ging sie an dem leeren Schreibtisch mit der abgeräumten Holzoberfläche vorbei. *Verdammt, ich brauche einen Assistenten.* In ihrem privaten Bereich angekommen, ließ sie die Mappen auf den unordentlichen Schreibtisch fallen und ließ sich in ihren Stuhl sinken.

Sie gab sich genau neunzig Sekunden Zeit, um innerlich darüber zu jammern, dass sie die Quartals-Berichte ausfüllen musste. Sie konnte diese Arbeit nicht ausstehen. *Ich werde es lieben, wenn am Ende alles für die Firma aufgelistet ist.*

Mit diesem positiven Gedanken im Hinterkopf schaltete Elaine ihren Computer ein und machte sich an die Arbeit. Sie war gerade mit dem ersten Datensatz beschäftigt, als in unmittelbarer Nähe eine Hupe ertönte.

Instinktiv sprang Elaine von ihrem Stuhl auf. Sie stand neben ihrem Schreibtisch und versuchte einige Sekunden lang, ihren rasenden Herzschlag unter Kontrolle zu halten, bevor sie in den Sitzungssaal stürmte. Ein gutaussehender junger Mann blickte grinsend vom Schreibtisch ihrer Assistentin auf.

„Entschuldigung. Ich schätze, dass ich Ihren Gedankengang unterbrochen habe. Ich lege das besser in die unterste Schublade", entschuldigte er sich.

„Wer sind Sie?"

„Ich bin Fane - Ihr neuer Assistent. Sharon hat mich aus dem Verwaltungspool ausgewählt, um Ihren alten Assistenten zu ersetzen. Sie verschleißen viele", erzählte er, während er die schwarz umrandete Brille hochschob, die nichts von seinem guten Aussehen verbergen konnte.

Sie starrte ihn an, unfähig, darauf zu antworten. Gute Assistenten waren schwer zu finden. *Ich werde mich an den Erstbesten klammern, sobald ich ihn gefunden habe. Es ist nicht meine Schuld, dass ich ein Höchstmaß an Kompetenz und Einsatzbereitschaft erwarte.*

Dieser Mann wäre ihre absolut letzte Wahl gewesen. Lachfalten umrahmten seinen Mund und seine braunen Augen funkelten. Mit seinem zerzausten Haar und den hochgekrempelten Manschetten, die den Blick auf kunstvoll tätowierte Unterarme freigaben, entsprach er auf keinen Fall dem professionellen Profil, das sie brauchte, um Besucher in ihrem Büro zu begrüßen.

Bei dem Versuch, ihren Blick von dem charismatischen Mann abzuwenden, fiel ihr die große Schachtel auf dem Schreibtisch auf. Darin befanden sich verschiedene bunte Gegenstände: eine Frisbee, ein großer, bunter Stoffbär, ein Plastikgolfschläger, ein Holzgriff ... das war kein... Elaine sah ihn ungläubig an.

„Ich glaube nicht, dass das funktionieren wird, Fane ..." begann Elaine und versuchte, diplomatisch zu sein.

„Sharon hat mir gesagt, ich solle mich nicht von Ihnen abschrecken lassen. Sie dachte, Sie bräuchten etwas anderes." Er breitete seine Arme aus und lenkte ihre Aufmerksamkeit auf seinen durchtrainierten Körper. „Sie haben mit mir einen Glücksgriff gemacht."

Mit einem Schnalzen schloss Elaine den Mund, drehte sich um und stolzierte in ihr Büro, wo sie die Tür hinter sich zuschlug. *Das werden wir ja gleich sehen!*

Sie nahm den Hörer in die Hand und rief Sharons auf ihrem Handy an. Die Verbindung wurde hergestellt und prompt hörte sie die einstige Assistentin ihres Arbeitgebers wie eine Bandansage säuseln: „Willkommen bei Edgewater Industries, Abteilung für Administratives. Wir haben deine Privilegien aufgrund deiner Überbeanspruchung des Systems eingeschränkt. Fane Bogart ist ab jetzt dein ständiger Assistent, mit der Zustimmung von Easton Edgewater. Ich wünsche dir einen schönen Tag."

„Sharon! Hör auf mit dem Unsinn. Ich kann nicht mit diesem Mann arbeiten ... er hat Spielzeug ins Büro mitgebracht."

Ein Klicken beantwortete ihre Äußerungen, als die Telefonverbindung unterbrochen wurde.

„Was?" Elaine schaute erstaunt auf ihr Telefon. Sharon hatte gerade aufgelegt. „Genug!"

Sie würde das selbst in die Hand nehmen. Elaine betrat das Vorzimmer und ignorierte die fröhliche Begrüßung ihres neuen Assistenten, der seinen Schreibtisch mit einem großen blauen Plüschhasen dekorierte. Entschlossen stapfte Elaine zur Tür hinaus und ging zu Eastons Büro.

„Ich muss Easton sehen!", bellte sie auf dem Weg zur Tür. Nachdem sie versucht hatte, die Klinke zu drehen, drehte sich Elaine um und sah die neue Sekretärin ihres Chefs an. „Es ist dringend."

„Mr. Edgewater hat Ihnen diese Notiz hinterlassen", teilte Piper mit und hob einen kleinen Zettel hoch.

„Komm damit klar?" Elaine las ungläubig die Notiz.

„Ich weiß, dass wir uns noch nicht gut kennen, Elaine. Ich habe viele der anderen Verwaltungsassistenten kennengelernt. Er ist derjenige, zu dem alle gehen, wenn sie Hilfe bei einem Problem brauchen.

Alle halten große Stücke auf ihn. Geben Sie Fane eine Chance. Es gibt mehrere Abteilungen, die die Gelegenheit ergreifen würden, ihn für ihre Gruppe zu bekommen."

„Sie können ihn haben. Geben Sie mir Eastons Zeitplan. Wann ist sein nächster Termin?"

Elaine sah zu, wie Piper einen Zeitplan auf dem Computer aufrief. Als Piper einen Termin zwei Monate im Voraus ankündigte, starrte sie Piper ungläubig an. „Das kann nicht sein nächster freier Termin sein."

„Mr. Edgewater hat eine Sperre für die Änderung von Mitarbeiterzuweisungen bis zu diesem Tag verhängt. Sie können den ersten Termin um acht Uhr haben", bot Piper fröhlich an.

„Das ist lächerlich." Elaine drehte sich auf einem hohen Absatz um und kehrte in ihr Büro zurück.

„Wie kann ich Ihnen mit dem Bericht behilflich sein?", fragte Fane, als sie eintrat.

„Halten Sie sich von meinem Büro fern und seien Sie still", zischte sie, bevor sie die Tür schloss. Elaine hörte seine Antwort, bevor das Schloss einrastete.

„Ich bin hier, wenn Sie mich brauchen."

„Niemals!" Elaine fluchte leise vor sich hin.

Zwei Stunden später konnte sie es nicht länger aufschieben. Elaine musste auf die Toilette. Als sie aufstand, hielt sie inne, um ihren Kopf zu kreisen und ihre Schultern wieder in die richtige Position zu bringen. Die Anspannung beim Anblick all dieser Zahlen und Datenstapel hatte ihr Stresskopfschmerzen bereitet. Nun, das und das verpasste Mittagessen.

Sie ging zügig zur Tür und hielt mit der Hand auf dem Knauf inne. Als sie sich vorbeugte, um ihr Ohr an das Holz zu pressen, fing Elaine sich wieder. Niemand würde sie zwingen, sich in ihrem Büro zu verstecken! Sie riss die Tür auf und schritt durch das Vorzimmer, wobei sie sich die Schläfe rieb, um den Schmerz zu lindern.

„Guten Tag. Ich habe ...“

Die Worte von Fane verstummten, als sie den Flur entlang zur Damentoilette ging. Das sollte ihm eine Lehre sein. Sie würde ihn einfach ignorieren.

Elaine ging schnell auf die Toilette, wusch sich die Hände und wischte sich mit einem Papiertuch den Nacken ab, in dem vergeblichen Versuch, sich zu erfrischen. Sie betrachtete ihr Spiegelbild stirnrunzelnd. Blass und gezeichnet, sah Elaine genauso aus, wie sie sich fühlte - überarbeitet und gestresst.

Diesmal ging sie langsamer durch den Korridor zu ihrem Büro. Als sie vor der Tür stehen blieb, nahm sie ihre professionelle Haltung an und betrat das Büro. Fane kam mit einem Lächeln aus ihrem Büro.

„Ich wollte nur ...“

„Gehen Sie nicht in mein Büro. Auf meinem Schreibtisch liegen geheime Informationen“, schnauzte sie.

„Ich verstehe, Elaine. Ich habe nichts ...“

„Gut. Lassen Sie mich einfach in Ruhe“, unterbrach sie ihn, während sie durch die Tür schritt und sie fest verschloss. Elaine lehnte ihre Stirn gegen die Scheibe und war verzweifelt. Sie würde es keine zwei Monate aushalten, wenn sie ständig so wütend auf diesen inkompetenten Mann sein würde.

Als Elaine sich zu ihrem Schreibtisch umdrehte, blieb sie auf der Stelle stehen. Auf dem Schreibtisch standen ein Eiskaffee, ein Sandwich, zwei Schmerztabletten und der blaue Plüschhase. Sie ging langsam nach vorne und ließ sich in ihren Stuhl sinken. Sie nahm zuerst die Tabletten und schluckte sie mit einem kräftigen Zug Eiskaffee hinunter. Elaine schlug sich die Hand vor den Mund, um das Stöhnen über den köstlichen Geschmack zu unterdrücken - genau wie sie es mochte.

Ohne nachzudenken, nahm sie das Plüschtier in die Hand und umarmte es. Er war absolut knautschbar und weich. Als sie die geschlossene Tür betrachtete, fühlte sie sich schlecht. Sie hatte ihm keine Chance gegeben. Fane hatte sich offensichtlich über ihr Lieblingsgetränk informiert und das Mittagessen für sie bestellt. Während eines halben Tages hatte er sich mehr für sie interessiert als jeder ihrer früheren Verwaltungsassistenten.

Als es leicht an ihrer Tür klopfte, sagte Elaine leise: „Danke."

„Brauchen Sie noch etwas?", fragte er durch die Holzschranke.

„Nein, alles bestens."

„Gut."

Sie wartete darauf, dass er noch etwas sagte, aber Fane schwieg. Ein paar Sekunden später legte sie das Plüschtier beiseite und nahm sich ein Sandwich, halb Pute auf Weizen mit Senf und süßen Gurken. Ihr Lieblingsessen. Elaine nahm einen großen Bissen und kaute genüsslich darauf herum. Nach nur wenigen Minuten warf sie die Verpackung in den Mülleimer. Sie war ausgehungert gewesen.

Elaine hob ihren Drink auf und nahm einen langen Schluck, während sie die Tür betrachtete. Wenn er die Hupe und das peinliche Paddel wegschloss, könnte sie es vielleicht mit ihm aushalten. Sie beschloss, die zwei Monate als Probezeit zu nutzen. Sie rief ihre Mailbox auf und schickte Fane eine Nachricht.

W*ährend ich mich auf diese Berichte konzentriere, möchte ich, dass Sie ab dem nächsten Monat zweistündige Treffen mit den Leitern der einzelnen Abteilungen vereinbaren. Planen Sie nicht mehr als eins pro Tag ein. Das Thema wird die zukünftige Expansion sein. Sie sollen einen Bericht über ihre derzeitige Personalausstattung erstellen und darüber, was sie benötigen würden, um eine doppelte Arbeitsbelastung zu bewältigen. Ich danke Ihnen.*

N achdem dies erledigt war, wandte sie sich wieder dem Bericht zu, den sie zusammengestellt hatte. Nach ein paar Nachtschichten wusste Elaine, dass sie es schaffen würde, den Bericht fertig zu stellen. Während sie sich in die Daten vertiefte, klickte sie sich durch die nächsten relevanten Infos.

Werden Sie Mitglied meiner Facebook-Gruppe "The PEP Squad" für exklusive Verlosungen und Kostproben zukünftiger Bücher.

Haben Sie jemals etwas wirklich Gewagtes getan? Genau das hat die
USA Today-Bestsellerautorin Pepper North 2017 gemacht, als sie ein
Buch auf Amazon zum Verkauf angeboten hat, ohne es vorher irgend-
jemandem zu sagen. Dank ihrer fantastischen Fans, der Unterstüt-
zung der Autor:innengemeinschaft, Mr. North und einem knallharten
Zeitplan hat sie inzwischen mehr als 80 Bücher geschrieben!
Mögen Sie zeitgenössische, paranormale, dunkle und erotische
Liebesromane, die sowohl süß als auch heiß sind? Pepper wird Sie zu
einer oder einem ihrer treuen Leser:innen machen. Was steht
zukünftig an? Noch mehr heiße Daddys!
Folgen Sie mir auf Ihrer Lieblingsplattform!
Auf TikTok gibt's mich auch zu sehen!

Dr. Richard's Littles®

Eine beliebte Ageplay-Reihe, in der Littles ihre Daddys und Mommys für immer finden. Dr. Richards begleitet und unterstützt sie in ihren Bemühungen, ihre Littles glücklich und zufrieden zu erziehen.

Bei Amazon erhältlich

Dr. Richards' Littles®

ist ein eingetragenes Markenzeichen von

With A Wink Publishing, LLC.

Alle Rechte vorbehalten.

SANCTUM

Pepper North entführt Sie in eine Ageplay-Gemeinschaft, die von der Außenwelt abgeschottet ist. Hier dürfen Littles klein sein und Daddys können sich um ihre Littles kümmern und sie vor der Außenwelt beschützen.
Bei Amazon erhältlich

Soldier Daddies

Auf welcher privaten Mission befinden sich diese Elitesoldaten? Sie alle sind auf der Suche nach ihrem perfekten Little.

Bei Amazon erhältlich

The Keepers

Diese Buchreihe von Pepper North ist eine Abwandlung von zeitgenössischen Ageplay-Romanen. Sie handeln von Menschen, die von speziell auserwählten Wächtern einer außerirdischen Spezies umsorgt werden. Ageplay-Leser:innen werden diese Science-Fiction-Romane lieben!

Bei Amazon erhältlich

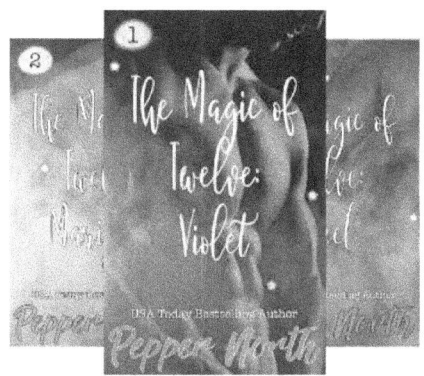

The Magic of Twelve

Zwölf Frauen werden an ihrem 22. Geburtstag in ein neues Leben als Droblin (geliebtes Kleines) des Zauberers von Bairn entführt. Die Zauberer haben lange darauf gewartet, sich voll und ganz den Bedürfnissen ihrer Droblins zu widmen. Sie werden ihren Schützling bis zum letzten Tropfen ihrer Magie vor einer wachsenden Bedrohung schützen.

Jeder Roman ist eine eigenständige Geschichte.

Bei Amazon erhältlich

NACHWORT

Wenn Ihnen diese Geschichte gefallen hat, würde ich mich freuen, wenn Sie eine aufrichtige Empfehlung auf Amazon hinterlassen könnten. Bewertungen helfen anderen Menschen, meine Bücher zu finden und mir, weitere Little-Geschichten zu schreiben. Vielen Dank im Voraus. Ich freue mich immer, wenn ich von meinen Leser:innen höre, was ihnen gefällt und was nicht, wenn sie eine Liebesgeschichte der etwas anderen Art mit Ageplay lesen. Kontaktieren Sie mich auf meiner Pepper North FaceBook-Seite, auf meiner Website unter www.4peppernorth.club oder schreiben Sie mir an meine E-Mail-Adresse 4peppernorth@gmail.com

Haben Sie Lust, mehr Geschichten über die Littles zu lesen? Abonnieren Sie meinen Newsletter! Subscribe to my newsletter! Jede zweite Ausgabe enthält eine Kurzgeschichte und andere interessante Beiträge! Ich verspreche Ihnen, Ihren Posteingang nicht zu überschwemmen und Sie können sich jederzeit wieder abmelden. Als besonderen Clou schicke ich Ihnen eine kostenlose Sammlung von drei Kurzgeschichten, damit Sie mit dem Verschlingen der unterhaltsamen Littles-Aktivitäten loslegen können! Hier ist der Link: http://BookHip.com/FJBPQV

Folgen Sie mir auf BookBub für weitere Infos und frische Publikationen!